UN
TÉMOIN MUET

PAR

EDMOND YATES

TRADUIT LIBREMENT DE L'ANGLAIS

PAR

MADAME DUSSAUD-ROMAN

TOME DEUXIÈME

PARIS
GRASSART, LIBRAIRE-ÉDITEUR
2, RUE DE LA PAIX, 2

1880

UN TÉMOIN MUET

COULOMMIERS. — TYPOG. PAUL BRODARD.

UN

TÉMOIN MUET

PAR

EDMOND YATES

TRADUIT LIBREMENT DE L'ANGLAIS

PAR

MADAME DUSSAUD-ROMAN

TOME DEUXIÈME

PARIS

GRASSART, LIBRAIRE-ÉDITEUR

2, RUE DE LA PAIX, 2

1880

UN

TÉMOIN MUET

CHAPITRE PREMIER

L'HÉRITIÈRE

L'hôtel Moggrige n'est pas un établissement destiné à faire la conquête des étrangers qui y descendent. C'est un de ces hôtels qui se font annoncer dans tous les Bradshaw et les Joanne, comme à proximité de la Cité, de West-End, de la Banque et des Parcs, et qui se croit très bien pourvu parce que le portier veille toute la nuit. C'est en réalité une vieille et sale maison, avec un nombre infini de passages, escaliers, etc., si sombres qu'il faut avoir le gaz allumé tout le jour. Le Moggrige primitif est mort depuis longtemps ; ses successeurs ont cru faire merveille en renouvelant un meuble par-ci, un tapis par-là, et ces quelques embellissements font d'autant mieux ressortir les

lacunes. Le fondateur de cette maison était venu
du comté d'York ; la clientèle ordinaire vient surtout du Nord ; on y rencontre de bons vieux curés,
des légistes, tout de noir habillés, portant leur
montre en sautoir et prisant une quantité ef-
froyable de tabac ; des meuniers, des agriculteurs,
et tous les hobereaux de province se succèdent et
se heurtent dans cet hôtel. C'est là que M. Hillmann, le notaire, originaire d'un des comtés du
Nord, avait cru devoir installer Mlle Middleham
à son arrivée à Londres. Comme il était facile de
le présumer, le choix de cette résidence n'était
pas fait pour remonter le moral de la jeune fille.
Nous allons du reste en juger par la lettre suivante,
qu'elle adressa à Mlle Studley :

« On dirait vraiment que je dois être désap-
pointée en toutes choses. Vous savez combien, jadis, je m'étais réjouie de connaître Paris, et vous
savez dans quelles tristes circonstances je m'y suis
trouvée ; je me réjouissais de mon séjour à Londres, et vous pourrez juger de mes impressions
quand je vous dirai que j'ai passé ces deux premiers jours dans une sombre salle à manger : un
meuble recouvert de crin noir, dur et glissant, un
miroir pendu si haut qu'on ne peut pas s'y voir,
un énorme buffet d'acajou orné de vieilles porcelaines, voilà l'inventaire. Une des fenêtres est censée
donner sur la Tamise ; mais les vitres sont si sales,

qu'on ne peut voir ce qui se passe au dehors et qu'on ne se douterait pas qu'on est à proximité de la rivière sans le bruit des steamers qui naviguent en tous sens.

« M. Hillmann est venu me voir deux fois; il a évidemment une sainte terreur du beau sexe, car il se tient tout au bord de sa chaise, comme un oiseau prêt à s'envoler, et fait des mouvements nerveux avec ses mains pour se donner une contenance. Il m'appelle madame et fait des phrases ampoulées dont il ne sait plus sortir; malgré cela, j'ai su comprendre que la maison de banque de mon oncle a fait des affaires magnifiques et que je suis encore beaucoup plus riche que je ne le croyais. J'ai déjà annoncé mon intention de vendre Loddonford sans délai, ce qui a visiblement scandalisé mon notaire. Il a essayé de me prouver que, grâce aux améliorations et aux embellissements qu'on y avait faits, cette propriété avait doublé de valeur, et qu'une jeune femme de ma position ferait très bien de conserver cette campagne. Je tiens ferme, mais rien n'est encore décidé en dernier ressort; il faut que j'aie vu MM. Bence et Palmer, les deux exécuteurs testamentaires de mon oncle; je les attends demain. Mais je vous préviens qu'ils diront ce qu'ils voudront; je ne veux pas garder cette maison, qui me rappellerait sans cesse mon pauvre oncle et les circonstances lamentables dans lesquelles je l'ai perdu ; enfin l'Angleterre ne me plaît pas, et je n'ai nulle envie de m'y établir définitivement. Je n'aspire qu'au moment où je vous rejoindrai et où nous pourrons commencer notre tour du monde.

« Quant au professeur, il fait rire et pleurer tout à la fois. Il essuie ses lunettes sans relâche, croyant qu'elles sont troubles et par conséquent l'empêchent de voir plus loin que son nez ; il manque d'air partout et cherche sa respiration, comme un poisson au bord de l'eau ; j'en ai mal à la poitrine, *pour lui.* Il redoute même d'allumer sa pipe, dans la crainte de raréfier l'air respirable. Je suis allée jusqu'au Strand avec lui ; mais il est tellement étourdi du bruit, du croisement des voitures, qu'il s'arrête tout court, lève les bras au ciel et s'écrie : « Was für eine Stadt, » au grand amusement des passants. Ce matin, il vient de partir sous l'escorte d'un commissionnaire pour le British Museum, qu'il a rêvé toute sa vie de visiter.

« Jusqu'à présent, je n'ai pas encore aperçu M. Heath ; il fait un voyage d'affaires à Manchester ; M. Hillmann en parle avec les plus grands éloges et m'assure que la prospérité de la banque Middleham est due à l'intelligence et au zèle de son directeur actuel. »

Le lendemain du jour où cette lettre fut écrite, les exécuteurs testamentaires firent leur visite annoncée. M. Bence, le plus âgé des deux, était un grand, gros homme, à l'air pompeux, à la tête chauve, aux joues pendantes; il avait toujours les mains dans ses poches et y agitait sans cesse un certain nombre de pièces d'or ou d'argent qui résonnaient agréablement; c'était un homme bouffi d'orgueil, plein de son importance personnelle (qu'il tirait uniquemeut de sa fortune), mais qui n'avait jamais dit une chose intelligente ou fait une bonne action de sa vie; il n'avait ni esprit, ni goût, ni instruction. Même cette fortune, dont il était si fier, il ne la devait pas à lui-même, mais au travail incessant de ses employés, dont il exploitait les capacités et qu'il payait le moins possible. Il était ostensiblement épicier en gros, chef d'une maison de commerce de la Cité, qui marchait sous les ordres d'un juif allemand que M. Bence avait surpris dans une transaction véreuse, bien des années auparavant; il l'avait tiré d'affaire, à la condition qu'il se mît à son service, et depuis lors il l'avait exploité à son profit. Mais, à côté de cela, M. Bence avait plusieurs cordes à son arc pour faire arriver l'eau au moulin, autrement dit l'argent dans sa caisse. Il avait une fabrique de noir animal, une autre de bouchons; il possédait un grand café, confié à un gérant; il était propriétaire du Journal le *Stylet*, publication satirique dont tous les actionnaires lui faisaient des courbettes par devant et le déchiraient par derrière.

Il demeurait dans une belle maison à Westbourne, avait des chevaux, des voitures, recevait largement, dépensait sans calculer, et néanmoins il n'avait pas encore réalisé le rêve de sa vie. Il n'avait pu mettre le pied dans la bonne société. Les familles de négociants avec lesquelles il était en rapports d'affaires venaient chez lui, il est vrai ; mais il désirait plus que cela : il aurait voulu tenir une place dans le monde, et il ne pouvait y arriver ni d'une manière ni d'une autre. Des officiers, des fils de lords, criblés de dettes, des littérateurs qui écrivaient dans le *Stylet*, venaient manger ses bons dîners, coqueter avec ses filles, gagner au jeu l'argent de ses fils ; mais jamais une invitation ne lui arrivait, et il ne pouvait pénétrer dans ce grand monde, objet de son ambition. Pas une dame ne s'aventurait chez lui, et ses filles seules représentaient l'élément féminin dans les fêtes qu'il donnait.

M. Palmer, le second tuteur, était un tout autre homme. Pendant plus de trente ans, il avait été avoué, et, après avoir amassé une fort jolie fortune, il s'était retiré dans le comté de Surrey, y avait acheté une propriété, et passait la meilleure partie de sa vie à oublier son existence passée et à poser pour le gentilhomme campagnard. Il était petit, maigre, sec, avec des yeux perçants, des favoris grisonnants, des cheveux coupés ras. Il portait un

costume de gros drap, des guêtres jusqu'aux ge-
noux, et une canne dont il se caressait sans cesse
les mollets. Il parlait toujours de lui-même comme
du « squire » et aurait voulu ainsi inculquer à
chacun une haute idée de sa personne ; il jouait un
rôle important dans sa paroisse, s'était fait nommer
marguillier, conseiller municipal, afin d'avoir voix
dans les affaires de la commune et de pouvoir à
son aise se moquer des hommes de loi qui voulaient
diriger toutes choses et ne cherchaient que leur
intérêt pécuniaire.

Si ces deux messieurs avaient fort peu de points
de ressemblance, ils étaient néanmoins d'accord en
ce qui concernait Mlle Middleham. Ils s'applaudis-
saient que leur tutelle fût finie, bien qu'ils n'en
eussent eu aucun souci, M. Heath s'étant toujours
chargé de tous les détails. Ils avaient l'un et l'autre
accepté cette charge, parce qu'ils espéraient faire
parler d'eux, ce qui devait nécessairement arriver
quand on s'occuperait d'une succession comme
celle du grand banquier Middleham, dont le meurtre
avait tant occupé toute la presse.

« Comment allez-vous, ma chère? » demanda
M. Bence en s'avançant majestueusement dans le
salon et en tendant la main à Grace.

Si elle eût été une institutrice, il eût à peine fait
attention à elle, ou tout au plus lui eût-il fait un
signe de tête protecteur. Si elle avait été une can-

tatrice en renom, il l'aurait invitée chez lui et aurait poussé la condescendance jusqu'à lui offrir sa
main gauche ; mais, à une héritière, il fallait d'autres égards, et il venait chez elle, et il lui offrait la
main droite.

« Comment êtes-vous, mademoiselle Middleham ?
dit M. Palmer de sa voix flûtée, en s'avançant derrière son vaste collègue comme un canard derrière
une oie. Quelle atmosphère étouffante dans ces rues
de Londres ! »

M. Palmer avait passé, pendant trente ans, ses
journées dans un entresol bas et enfumé, et ses
nuits dans une mansarde qui surplombait un des
quartiers les plus humides de la capitale.

« Eh bien, ma chère, reprit M. Bence, nous
sommes venus vous féliciter de ce que vous entrez
enfin en possession de vos terres, de vos propriétés,
de vos titres et de vos rentes, sans parler des chevaux et équipages. C'est une chose agréable, croyez-
moi, ma chère, ajouta le gros homme en faisant
entendre le cliquetis de son argent dans sa poche.

— Mademoiselle Middleham, continua M. Palmer,
je ne vous félicite pas seulement, mais je me félicite aussi de ne plus avoir cette responsabilité sur
les épaules ; j'ai beaucoup à faire pour mon propre
compte, et vous connaissez le proverbe : Charité
bien ordonnée commence par soi-même. Ne croyez
pas pour cela que nous ayons négligé vos affaires,

bien au contraire. Ainsi, par exemple, votre villa de Loddonford a triplé de valeur depuis la mort de ce pauvre Middleham. C'est une belle propriété, qui vaut dix mille francs l'hectare, comme un sou.

— Je suis bien aise de l'apprendre, répondit Grace, parce qu'on pourra d'autant mieux la vendre.

— Vous ne songez pas à vous en défaire? demanda M. Palmer.

— Vous n'avez pas une pareille pensée? ajouta M. Bence.

— J'y suis au contraire parfaitement décidée; je ne pourrais jamais me retrouver seule et être heureuse dans cette maison, où j'ai passé de si beaux jours dans mon enfance et où je devais vivre avec mon cher oncle; il y a longtemps que j'ai résolu de m'en défaire, eussé-je même dû y perdre. Mais, d'après ce que vous me dites, ce sera une excellente affaire, au point de vue pécuniaire.

— Une pareille vente fera du bruit dans le monde, fit observer M. Palmer, et plusieurs de nos gros bonnets se porteront comme acquéreurs. »

Bence tomba dans une profonde méditation.

Pourquoi n'achèterait-il pas Loddonford? Cette magnifique propriété ne lui permettrait-elle pas enfin de réaliser son rêve? A Londres, tout le monde le connaissait, savait qu'il n'était qu'un simple négociant, un vulgaire fabricant; mais à Loddonford,

une fois installé dans ce domaine seigneurial, qui
chercherait à connaître ses antécédents? Il pourrait
même se faire appeler M. Bence de Loddonford.....
Peut-être parviendrait-il un jour à la députation.
Sa fortune ne lui permettait-elle pas d'aspirer aux
plus hautes positions? Décidément, cette idée avait
du bon, et, quand il l'eut bien méditée, il dit :

« Je ne vois aucune nécessité d'arriver à une vente
publique, Palmer. Puisque Mlle Middleham s'est
décidée à vendre, je ne doute pas qu'on ne trouve
bien vite quelque acquéreur à l'amiable. »

M. Palmer comprit tout de suite les vues de son
collègue, et, comme il n'avait aucune raison de le
contrecarrer, il donna son approbation.

« Nous verrons tout cela plus tard, reprit le grand
homme; il faudra consulter le notaire et ce monsieur qui dirige la banque; comment s'appelle-t-il
donc (c'était une des faiblesses de M. Bence de
feindre d'oublier)? Il ne me reste plus qu'à vous
prier, ma chère, de nous faire le plaisir de venir
dîner avec nous dimanche soir à sept heures. Votre
oncle, le savant allemand, est encore avec vous, je
crois? Amenez-le, cela va sans dire. Il est inutile,
je suppose, de vous inviter, Palmer; vous ne serez
sans doute pas en ville?

— Non, je rentre pour recevoir le pasteur, qui
dîne avec moi tous les dimanches, pour me parler
des écoles du village.

— Oh! cela doit être bien intéressant! Je n'aurai pas de pasteur à vous offrir, ma chère; mais je vous présenterai quelques personnes non moins distinguées. A dimanche donc, sept heures! »

Et les deux tuteurs partirent ensemble, comme ils étaient venus, laissant leur pupille à ses réflexions.

Plus tard, dans l'après-midi, pendant que le professeur était encore délicieusement absorbé par les merveilles du British Museum, la femme de chambre frappa à la porte de la chambre de Grace et lui présenta une carte sur laquelle était gravé ce nom : « M. Heath. »

« Ce monsieur désirerait beaucoup vous voir, mademoiselle; mais, s'il vous dérange, il dit qu'il reviendra. »

Grace fit prier M. Heath de l'attendre un instant et se prépara à le rejoindre au salon. Elle ne l'avait vu qu'une ou deux fois, dans un moment d'épreuve et de bouleversement moral, en sorte qu'elle se le rappelait très vaguement comme un homme comme il faut et bien élevé; mais elle ne s'attendait pas à trouver un beau garçon, dont le visage austère était animé d'un aimable sourire, au moment où il quitta son fauteuil pour venir la saluer.

« Je suis en retard, mademoiselle Middleham, pour venir vous présenter mes hommages; mais je puis invoquer des circonstances atténuantes, car j'étais absent pour votre service. Votre Majesté, ajouta-t-il gaiement, a déjà reçu beaucoup de félicitations?

— Sans doute, et elles m'ont assuré à l'unanimité que l'état prospère de mon royaume est dû au zèle et à l'habileté de mon premier ministre, auquel je suis heureuse d'exprimer ma gratitude, répondit Grace.

— Le premier ministre trouve sa meilleure récompense en constatant le résultat de ses efforts et dans la seule approbation de sa souveraine, dit encore Heath en s'inclinant; mais, chère mademoiselle Middleham, reprit-il en changeant de ton, comment se fait-il que je vous trouve dans un hôtel aussi excentrique que celui-ci?

— C'est un peu triste, n'est-ce pas?

— Triste? Mais il y a de quoi donner le spleen à l'être le plus gai de la création. Comment êtes-vous arrivée ici? Par quel prodige de topographie avez-vous découvert un établissement aussi rococo que celui-ci?

— Je n'en suis pas responsable. M. Hillmann m'y a conduite.

— Alors tout s'explique; j'aurais dû le deviner au premier coup d'œil. J'irai voir le vieux bonhomme et lui ferai comprendre la nécessité de vous installer dans un quartier plus convenable.

— Croyez-vous que cela en vaille la peine? Je ne resterai que peu de temps à Londres.

— Je n'en suis pas si sûr que vous, mademoiselle. Quand une orpheline atteint sa majorité, il y a beaucoup d'affaires à mettre à jour, et je crains bien que vous ne soyez condamnée, bon gré mal gré, à faire un assez long séjour ici. J'espère que vous vous y accoutumerez ; je ferai mon possible pour cela, et surtout ne jugez pas de la vie et de la ville de Londres par ce que vous avez pu voir des fenêtres de votre hôtel.

— Je suis entre les mains de mes tuteurs et des hommes de loi, et naturellement je ne me sens pas libre ; aussi j'aimerais bien à changer d'hôtel, si je dois séjourner encore quelques semaines ici. Je le désire plus encore pour le professeur que pour moi-même.

— Le professeur ? dit Heath d'une voix interrogative. Ah ! oui, je me souviens ; vous parlez du Dr Sturm, qui vous a accompagnée de Bonn ? On lui aura donné une fameuse idée de Londres en le casernant dans cette affreuse rue !

— C'est ce que je pensais aussi, quoique le brave cher homme s'inquiète peu de ce qui l'entoure, tant qu'il peut courir les musées ou assister aux cours.

— Néanmoins, nous devons nous faire voir sous notre aspect le plus flatteur , et je me ferai un plaisir de lui procurer des recommandations pour les personnes capables de l'apprécier. Mais, en premier lieu, je vais m'occuper de votre installation personnelle; vous devriez avoir quelqu'un qui sût mieux ce qui convient à une jeune fille que nous autres, vieux financiers ou juristes. »

Quand M. Heath fut parti, Grace ne put réprimer un sourire à la pensée qu'il se classait parmi les « vieux financiers ». Elle admirait sa belle figure, ses bonnes manières, si aisées et si comme il faut ! Il était bien supérieur à ce raide et prosaïque Franz Eckhardt, ou à cet idiot et romanesque Paul Fischer ! Elle croyait se souvenir de M. Heath, comme étant bref en paroles, sec et brusque de manières ; comme elle était injuste ! Il était la bonté même, non seulement pour elle, — cela aurait pu s'expliquer par leurs positions respectives, — mais pour le professeur, dont il avait parlé avec respect et intérêt. Pourquoi Anne le détestait-elle donc ? Elle ne le connaissait sans doute pas personnellement. En y réfléchissant, Grace se souvint que son amie lui avait laissé sous-entendre que M. Heath avait eu des rapports d'affaires avec le capitaine Studley.

Le mystère se trouvait ainsi éclairci. Quoique Anne eût demandé à n'être pas interrogée sur le compte de son père, elle avait avoué que c'était un homme taré, dont elle ne demandait qu'à oublier l'existence. Sans doute le capitaine avait mal agi vis-à-vis de M. Heath, et c'est pour cela qu'Anne évitait de prononcer ce nom. L'idée que M. Heath pût en aucune manière être dans son tort ne vint pas même à Grace ; tuteurs et juristes lui avaient rendu un excellent témoignage de la gestion de la banque, et elle venait d'avoir la preuve de sa bienveillance et de la bonté de son cœur.

Mlle Middleham connaissait peu le monde, n'ayant quitté la pension que pour vivre dans la retraite à Bonn ; il n'est donc pas étonnant qu'elle prît le similor pour de l'or pur. Un œil attentif et exercé aurait vite découvert, sous le vernis des bonnes manières et un calme apparent, le manque d'éducation et une inquiétude continuelle dans le regard, qui indiquait une secrète anxiété.

Mais, à vingt et un ans, quelle est la jeune fille qui ait de l'expérience ? comment résisterait-elle aux avances et à l'amabilité d'un homme aussi habile que M. Heath ? Deux jours après, il revenait et était reçu de la manière la plus gracieuse.

« Je n'ai pas oublié, mademoiselle Middleham, les recommandations promises pour le docteur Sturm ; les voici ; il aura ses entrées dans toutes les réunions scientifiques, qui seront heureuses de le recevoir. »

Grace remercia chaudement :

« Et avez-vous aussi pensé à moi ? demanda-t-elle en souriant.

— Pouvez-vous le demander ? Je ne pouvais pas supporter la pensée que vous étiez aussi mal installée ; aussi ai-je arrêté pour vous un appartement à l'hôtel Fenton, et j'ai pris la liberté, en montant, de donner des ordres à votre domestique pour qu'il prenne ses mesures pour déménager sur l'heure, avec armes et bagages. Ce ne sera toutefois qu'une habitation temporaire.

— Temporaire? s'écria Grace ; que veut-on donc faire de moi?

— Rien de bien terrible, rassurez-vous. J'ai eu une longue conférence avec M. Hillmann, et il a compris qu'il était impossible que vous pussiez retourner en Allemagne avant quelques mois.

— Comment, je ne pourrai pas rentrer à Bonn !

— Pas d'un certain temps ; mais j'essayerai de vous rendre le séjour de Londres supportable. Je crois, ma chère demoiselle, que vous ne vous rendez pas compte de la position que vous allez avoir et qui vous imposera bien des devoirs. J'ai consulté vos tuteurs, bien qu'ils n'aient plus aucun pouvoir sur vous, et ils ont été d'avis que le mieux, jusqu'au règlement définitif de vos affaires, était de louer pour vous un appartement pour quelques mois et de vous engager à aller un peu dans le monde, sous les auspices d'une dame de qualité, qui vous servirait de chaperon.

— Est-il bien possible qu'il y ait des femmes de qualité, comme vous dites, qui consentent à descendre au rang de dame de compagnie?

— Il y en a cent pour une, répondit M. Heath en souriant.

—Au moins n'allez pas me choisir quelque affreux épouvantail !

— Fiez-vous à moi. Puis-je apporter votre consentement à M. Hillmann ?

— Comme vous voudrez, monsieur ; je me laisserai diriger par vos conseils, » dit Grace en rougissant.

CHAPITRE II

LA DAME DE QUALITÉ

M. Heath avait raison quand il assurait qu'on lui laisserait carte blanche pour louer une maison pour Mlle Middleham. M. Hillmann, voyant la manière admirable dont le gérant de la banque conduisait les affaires, lui avait accordé toute sa confiance. M. Bence approuvait hautement la pensée de lancer la jeune fille dans le monde ; si elle acceptait des invitations, elle les rendrait et ne pourrait moins faire que de le convoquer à ses réceptions, lui et sa famille. M. Palmer, qui prétendait que personne ne pouvait vivre longtemps de suite dans le monde, ne s'opposa néanmoins pas à ce projet et se borna à offrir l'hospitalité dans ses terres à son ancienne pupille, lorsqu'elle aurait besoin de repos et d'air pur.

Bref, M. Heath, muni de tous ces consente-
ments, se mit en quête. La première chose était de
trouver une maison, car les lettres qui arrivaient
de Bonn apportaient de mauvaises nouvelles de
Mme Sturm. Elle pressait son mari de revenir au
plus vite, bien que sa chère Waller fît son possible
pour la distraire. Mlle Middleham ne pouvait rester
seule à l'hôtel ; les maisons garnies ne manquent
pas à Londres. Au bout de quelques jours, on en
trouva une, sur la place Eaton, qui appartenait à
un colonel, retour de l'Inde et qui se faisait un joli
revenu en louant sa maison pendant les quelques
mois de la « saison ». L'ameublement était tout
juste suffisant et rien moins que luxueux ; la salle
à manger avait des chaises dures et incommodes, et
des portraits de famille tous plus laids les uns que
les autres, depuis la mère du colonel, si pâle et si
bien enveloppée de draperies de mousseline qu'on
l'aurait prise pour une morte, jusqu'à un vieux
grand oncle, avec une perruque à bourse, des bottes
à l'écuyère, qui lançait des regards menaçants à
tous ceux qui approchaient de son cadre. Au fond
de cette pièce, sur une grande table ovale, se trouvait une cage remplie d'oiseaux empaillés ; enfin,
on voyait la seule bibliothèque de la maison,
composée du *Moniteur de l'armée*, de *La guerre de
la Péninsule* et de deux volumes de Napier. Les
tapis de l'escalier avaient été recouverts de toiles,

pour en dissimuler l'usure; mais le plus bel orne-
ment de la maison était sur le palier du premier
étage, un bloc de bois revêtu d'une peau de jaguar,
une bête impossible, indescriptible, avec des yeux
de verre et une longue langue pendante en drap
rouge. De là on passait dans la serre, de 2 mè-
tres carrés, dans laquelle la pluie entrait, sans
doute pour arroser les plantes.

Le salon n'était pas surchargé d'ornements : il y
avait pourtant des boîtes en ivoire sculptées, des
écrans japonais, des photographies de pagodes in-
diennes. La chambre à coucher était à peine pour-
vue des meubles nécessaires ; il n'y avait ni garde-
robes pour suspendre les robes à traîne, ni psyché
pour se mirer de la tête aux pieds; mais, quand on
a la bourse bien garnie, on peut aisément parer à
ces inconvénients, et, comme la maison était placée
au centre du quartier fashionable, elle fut louée.

Pour beaucoup de personnes, le choix d'un chaperon pour une jeune héritière tout à fait ignorante
du monde aurait été une affaire embarrassante et
scabreuse. Mais M. Heath ne s'arrêtait pas à si peu
de chose, car il avait sous la main, parmi ses connaissances, la personne la mieux qualifiée pour ce
poste.

Mme Crutchley était une dame qui ne perdait jamais de vue ses intérêts personnels et qui savait se
plier aux circonstances. Dans plus d'une occasion,

elle avait fait l'admiration du banquier par la manière dont elle traitait certaines affaires et savait
toujours se tirer d'embarras. Une de ses plus grandes qualités, dans le cas actuel, était d'être veuve,
ce qui était vraiment essentiel ; il fallait qu'elle fût
entièrement libre de ses mouvements, sans avoir de
compte à rendre à personne. Son nom était un des
plus connus dans le cercle aristocratique, ses manières parfaitement distinguées.

Trente ans auparavant, quand Henriette Stannton
— c'est ainsi qu'elle s'appelait alors — vivait avec son
père, au bord de la falaise de Saint-Beckett, sa plus
grande ambition était de voir mourir la femme du
pasteur de la paroisse, car elle se croyait sûre d'obtenir la survivance ; ou bien de décider M. Meggs,
l'officier de santé, qui lui avait souvent offert, en
riant, de partager son cœur et sa clientèle, à remplir sa promesse. Mais le jeune docteur ne pensait
nullement à faire une folie pareille, et ce fut lui
pourtant qui, sans en avoir conscience, assura le
sort de la jeune fille.

Un soir, Henriette bâtissait des châteaux en Espagne, lorsqu'elle entendit un bruit de roues. On
arrivait d'ordinaire à la maison du lieutenant
Stannton, inspecteur des douanes, par un sentier
qui descendait des collines voisines ; les voitures
étaient rares à cette époque ; aussi la jeune fille de-
vina-t-elle tout de suite que c'était le docteur Meggs

qui arrivait. Elle courut ouvrir la porte. C'était bien lui en effet, mais il n'était pas seul, et, au lieu de lui prendre la main comme à l'ordinaire, il lui dit un peu cérémonieusement :

« Je viens réclamer de votre bonté, mademoiselle Stannton, un acte de charité. Ce monsieur que vous voyez dans la voiture chassait la mouette, quand il a glissé sur un rocher et s'est démis la cheville. Un des douaniers de votre père, qui l'avait vu tomber, m'a arrêté au passage, et j'ai obtenu du lieutenant, que j'ai rencontré, l'autorisation d'amener mon blessé chez vous. Il est en visite chez sir Thomas Walton, à Whitehorn ; mais il serait impossible de le transporter si loin ce soir, et également impossible de l'installer convenablement dans aucune des chaumières du village. Si vous permettez que je le fasse transporter dans la chambre que votre frère Henri occupe quand il est ici, nous lui ferons faire des fumigations par la vieille Jeanne, et j'espère que demain nous pourrons le reconduire chez son hôte. »

Henriette fit bien quelques objections, car cette chambre était bien peu confortable pour un homme habitué au luxe ; mais le docteur calma tous ses scrupules et fit transporter le blessé par deux douaniers, qui l'installèrent dans le lit. Jeanne reçut des instructions médicales qui devaient faire merveille, mais qui, hélas, ne produisirent pas l'effet voulu, et le lendemain il était évident que le jeune homme ne pouvait pas supporter un transport jusqu'à Whitehorn.

Le fait est que l'honorable James Crutchley, lorsqu'on le croyait encore sans connaissance, avait aperçu, par-dessus l'épaule de la vieille Jeanne, un frais et joli minois qui le regardait avec compassion ; or ce visage jeune lui paraissait infiniment plus agréable à voir que la peau ridée, les cheveux blancs et les yeux éraillés de lady Walton et de ses deux nièces, qui étaient les seules femmes qu'il eût vues depuis six semaines. Le docteur envoya donc un message au château, pour prévenir les Walton de l'accident de leur jeune ami.

Dans l'après-midi, sir Thomas Walton vint lui-même visiter M. Crutchley ; celui-ci dormait ou feignait de dormir ; le noble visiteur se contenta donc de remercier le lieutenant Stannton et sa fille, et de leur recommander chaudement leur hôte inattendu. La cheville de James Crutchley fut longue à guérir, plus longue qu'on n'aurait pu le croire, en le voyant au bout de peu de jours descendre péniblement l'escalier, pour venir s'installer dans la pièce qui servait de salon, et sans doute appelée ainsi parce que le piano d'Henriette y était installé et que la pipe du lieutenant en était bannie. Le résultat de tout ceci n'était pas difficile à prévoir. James Crutchley n'était pas beau ; ses camarades de régiment l'appelaient « Joco », parce qu'il ressemblait à un singe : il était petit, trapu, avec de petits yeux noirs, de larges narines ouvertes, une lèvre supérieure énorme, des dents en avant; mais il avait la main et le pied bien faits, s'habillait à la dernière mode et avait un air distingué. Henriette Stannton n'avait jamais été en rapport avec un homme de son rang; aussi ne pensa-t-elle bientôt plus au ministre, qui était très gros et qui avait quarante ans, et cessa-t-elle de faire des vœux pour prendre la place de sa femme, et, quant au Dr Meggs, elle n'avait plus pour lui qu'une grande reconnaissance de ce qu'il avait amené le capitaine sous son toit; c'était sur le capitaine en effet que se concentraient toutes les pensées de la jeune fille. Ce n'est pas qu'Henriette aimât ou adorât le jeune homme, comme le font souvent ses pareilles en semblable circonstance; elle voyait qu'il était laid, mais elle le trouvait spirituel et amusant, et elle se disait que, si elle pouvait gagner ce cœur, un heureux avenir s'ouvrirait devant elle.

Quant à l'honorable James, on ne pouvait douter de ses sentiments. Depuis douze ans qu'il courait les garnisons, il s'était arrangé de manière à ne pas laisser parler son cœur; il avait bien eu quelques amourettes, mais rien de sérieux. Son respectable père, le comte de Maddledot, avait souvent déploré, dans ses entretiens confidentiels avec son fils aîné et son héritier présomptif, le vicomte Podager, le physique ingrat de son fils James. S'il avait été plus séduisant, il aurait pu, comme tant d'autres, épouser une riche héritière, qui aurait non seulement enrichi le capitaine, mais lui aurait permis de prêter une large somme au comte et au vicomte, tous deux fort mal dans leurs affaires. Mais tandis que ses parents faisaient des plans pour lui, ou déploraient son manque de savoir faire, l'honorable James suivait son chemin sans s'inquiéter de rien. Ce n'était pas son extérieur qui lui nuisait, car, au bout d'une heure de conversation, une femme avait oublié sa laideur ; mais les pères et les frères lui faisaient une opposition plus sérieuse. Lorsqu'on le voyait courtiser Agathe ou Clorinde, les messieurs secouaient la tête :

« Cela ne saurait nous convenir, disaient-ils à leurs épouses ; ce garçon est léger, dissipé, joueur ; ne le laissez pas venir chez nous. »

Son père lui faisait une si modeste pension et la lui payait d'une façon si irrégulière, que l'honorable James, renouvelant tous les jours l'expérience qu'il faut de l'argent pour vivre en ce monde, s'arrangeait pour faire venir l'eau au moulin ; il se connaissait très bien en chevaux et trouvait moyen de gagner sur chaque marché qu'il faisait, puis il avait un bonheur insolent au jeu, si insolent même qu'il arriva une fois à son colonel de lui donner le con-

seil officieux de changer de régiment. Malgré tout,
il conservait sa position d'homme fashionable, et
personne n'eût osé formuler une accusation contre
sa délicatesse ou sa loyauté.

Comment un homme de cette trempe put-il devenir amoureux, mais vraiment amoureux, d'une
Henriette Stannton? C'est un de ces mystères inex-
plicables dont Cupidon a seul le secret. Il est
certain que, aux yeux expérimentés de l'honorable
James, aucune femme n'avait réuni autant de
beauté, de modestie, de simplicité et de charme.
Sa mère était morte à sa naissance ; il n'avait pas
de sœur, et, dans sa vie de garnison, il n'avait
jamais été à même d'étudier une femme dans son
cercle domestique. Il se serait peut-être peu soucié
de faire cette étude, pendant qu'il était bien portant ; mais, dans les circonstance présentes, il trouvait charmant d'avoir une garde-malade toujours
attentive et prête à satisfaire ses moindres désirs ; il
la voyait toujours calme, sereine, enjouée, prête à
écouter les lamentations des villageoises, surveillant
le ménage, entourant son vieux père de soins et
d'égards : enfin à ses yeux elle devint une sorte de
divinité.

Quand un jeune homme et une jeune fille sont
ainsi disposés, il n'est pas difficile de prévoir le résultat. Un soir, pendant que le lieutenant fumait sa
pipe à côté du canapé de son hôte et qu'Henriette

avait quitté la chambre, l'honorable James fit sa
demande. Il avoua qu'il avait déjà le consentement
d'Henriette, et, se plaçant tout de suite au cœur du
sujet, il raconta à M. Stannton qu'il n'avait de ressource assurée que sa solde, qu'il sacrifierait d'emblée, parce qu'il voulait donner sa démission ; mais
que malgré cela sa femme ne manquerait jamais
non seulement du nécessaire, mais même du su-
perflu.

Il ne fallait pas de grands frais d'éloquence pour
convaincre le lieutenant ; longtemps avant que son
futur gendre fût arrivé à sa péroraison, il se demandait ce qu'il deviendrait seul dans son humble mai-
sonnette, quand Henriette ne serait plus là pour
l'égayer de sa présence et qu'il n'aurait plus que la
vieille Jeanne pour toute ressource ; mais les jeunes
gens s'étaient peu inquiétés de leur père, et celui-ci
ne leur fit aucune objection ; du moment où sa fille
était satisfaite, il acceptait le sacrifice sans mur-
mure ; mais ce fut le cœur serré et les yeux pleins
de larmes que, trois semaines après, il donna sa
bénédiction aux deux époux.

Il serait difficile de raconter la consternation du
comte de Maddledot quand il apprit que son fils
James était marié, et quoique ses colères ne fussent
pas rares, surtout quand il était pressé par ses
créanciers, son accès de rage ne connut pas de
bornes à la réception de la lettre qui lui annonçait

cette grande nouvelle. Ce fut un duo de malédictions et d'imprécations entre le père et l'héritier
présomptif, et, quoiqu'ils eussent toujours prédit à
James qu'il ne saurait pas se tirer d'affaire en ce
monde, ils ne trouvèrent pas d'expression pour
blâmer sa conduite. James *devait* plus d'égards à sa
famille, et sa famille ne s'était jamais inquiétée de
lui et ne lui accordait qu'à contre-cœur une bien
maigre pension. Aussi, lorsque l'honorable James
proposa d'amener sa femme au château de Crutchley pour la présenter à sa famile, sa demande fut
repoussée avec perte, et les heureux époux s'en
consolèrent aisément en allant s'installer dans une
gentille petite maison qu'ils avaient louée dans les
faubourgs de Londres.

A peine chez eux, Henriette se mit à l'œuvre et
sut bien vite donner à son intérieur un air de con-
fort et d'élégance, et surtout elle s'appliqua à
effacer l'impression qu'avaient pu faire dans l'opinion publique les folies et les extravagances de son
mari. Quelques parents éloignés vinrent les voir et
furent tellement charmés de la distinction et de la
cordialité de la jeune femme, que le bruit en arriva
jusqu'aux oreilles du beau-père et que celui-ci les
invita à venir passer une huitaine au château. Ce
court séjour se prolongea plus de deux mois, et,
quand Mme James Crutchley dit adieu au comte
de Maddledot, elle put se dire qu'elle avait gagné

son affection et celle de tous ceux qui avaient appris à la connaître.

Henriette Crutchley n'était pas femme à s'arrêter en si bon chemin ; pas à pas elle avança toujours, se rendit indispensable comme centre de famille, reçut avec affabilité tous ceux qui voulaient bien venir les voir, offrant le type des vertus et du charme domestiques ; enfin elle fit si bien oublier les peccadilles qu'on reprochait jadis à son mari, qu'on trouva tout naturel que l'honorable James jouât aux cartes et au billard, et même qu'il y fût plus heureux que les autres. Elle sut si bien gagner les bonnes grâces de son beau-frère que, lorsque le comte de Maddledot mourut, le vicomte Podager consentit à faire une rente annuelle de dix mille francs à son frère. Quand à son tour l'honorable James, après dix ans de bonheur conjugal, disparut de la scène de ce monde, sa pension fut continuée à sa veuve.

Il y avait dix ans que James reposait dans le caveau funéraire de la famille Crutchley, et Henriette, maintenant une matrone de quarante ans, conservait toujours son empire sur la famille de son mari et le respect qu'elle avait su inspirer à la société qu'elle fréquentait. Elle jouissait des dix mille francs que lui payait son beau-frère et avait augmenté sa fortune par des spéculations heureuses conseillées par son cousin, M. Georges Heath. Depuis son veu-

vage, madame James Crutchley avait soigneusement entretenu ses nombreuses relations ; toujours
parfaitement habillée, en robe de soie noire et en
bonnet de dentelles, toujours de bonne humeur,
obligeante et aimable, Henriette se faisait aimer des
vieux, dont elle supportait les faiblesses, et des
jeunes, qu'elle ne censurait jamais.

Tel était le chaperon que M. Heath avait choisi
pour Grace Middleham.

CHAPITRE III

LA SAISON A LONDRES

La maison de la place d'Eaton était louée ; Grace et Mme Crutchley, après l'avoir visitée, avaient commandé un certain nombre de meubles qui devaient la rendre habitable ; dans peu de jours ces dames devaient s'y installer. Aussi M. Heath jugea-t-il le moment venu de donner ses dernières instructions à la dame de compagnie.

Elle demeurait dans la rue d'Eburg ; elle avait là un petit appartement, toujours rempli de fleurs en toutes saisons ; les meubles disposés avec goût, ces mille riens dont les femmes encombrent les tables et les bahuts, donnaient un charme particulier à ce joli salon ; Mme Crutchley, avec sa robe noire et ses barbes de dentelle, était assise au coin du feu et coupait les feuillets d'un volume de poésie. La lampe, recouverte d'un abat-jour rose, donnait une teinte charmante aux traits de la matrone.

« Comme vous voilà bien installée ! s'écria M. Heath en entrant. Je crains que vous ne trouviez la maison du colonel bien triste et mal organisée en comparaison de votre petit paradis.

— Il faut avouer que le premier coup d'œil ne m'a pas enchantée ; mais nous arriverons à en faire quelque chose, vous verrez ; et puis, enfin, je ne dois pas y finir mes jours. Cela me fait penser, Georges, que je ne vous ai jamais demandé combien de temps devaient durer mes fonctions de chaperon.

— Cela dépendra des circonstances, ma chère Henriette ; pourquoi me le demandez-vous ?

— Ah ! pour rien de bien important ; mais il serait peut-être sage, si mon absence doit se prolonger, de louer mon appartement garni.

— Je n'en ferais rien à votre place ; vous pourriez avoir pour locataire un célibataire qui fumerait partout ou une maman qui viendrait, avec une demi-douzaine de filles à marier, passer la saison à Londres, et vous détériorerait votre mobilier, briserait vos porcelaines, casserait votre piano et vous rendrait, au bout de trois mois, un appartement inhabitable.

— Très bien ; je n'en ferai donc rien ; mais vous ne m'avez donné aucune indication sur le temps durant lequel mes services seront nécessaires.

— Je vous le répète, ma chère Henriette, cela dépendra des circonstances et de vous-même, répondit Heath en prenant un air sérieux, et je suis justement venu aujourd'hui, pour vous donner quelques conseils. D'abord, que pensez-vous de Mlle Middleham ? Est-elle obstinée ou facile à conduire ? Faible ou forte d'esprit ?

— Vous devez avoir un but en me posant cette question, Georges, et je n'ai pas de peine à le deviner. Eh bien, je crois que Mlle Middleham a une volonté à elle, et qu'elle est capable de beaucoup de fermeté quand elle saura ce qu'elle voudra faire.

— J'ai eu la même impression, reprit M. Heath. Elle est volontaire, parce qu'elle a été gâtée et que personne ne l'a jamais contrariée. Cette fermeté que vous voyez en germe et qui n'a pas encore été développée, faut-il l'appeler entêtement ?

— Je ne le crois pas, à moins qu'on ne sache pas la prendre ; si on est habile, on fera d'elle ce qu'on voudra.

— Justement, ajouta Heath en regardant le plafond ; il faut avoir bien soin de ne pas la heurter, et alors elle se laissera conduire. Vous saurez vous en tirer à merveille.

—Je le crois, répondit complaisamment Mme Crutchley.

— Vous comprenez combien une jeune fille dans

cette position, orpheline, sans personne pour la mettre sur ses gardes, doit être en butte aux convoitises de tous les coureurs de dot.

— Naturellement.

— Elle-même, avec son inexpérience du monde, ne s'en doutera pas ; sa vanité, car toutes les jolies femmes sont vaines, trouvera mille autres raisons pour expliquer les hommages dont elle sera entourée, et ce serait un véritable service à lui rendre que de l'éclairer sur la valeur de tous ces hommes qui se soucieront peu de son cœur, pourvu qu'ils s'emparent de sa fortune.

— Je suis de votre avis, et je trouve essentiel de la mettre sur ses gardes ; cependant, avouez qu'il est triste pour une jeune fille de faire son entrée dans le monde en se méfiant de tous ceux qui l'entourent.

— Vous êtes une personne trop habile, ma chère Henriette, pour lui donner de pareilles idées, ou du moins sans lui administrer en même temps le contre-poison. La vie est triste sans doute, quand on appuie uniquement sur la méchanceté des hommes, mais ils ont aussi leur bon côté.

— Je saisis votre pensée. Vous voudriez qu'après avoir montré à Mlle Middleham combien les hommes et les épouseurs en particulier sont animés de sentiments intéressés, je lui fisse comprendre qu'il y en a pourtant dont les motifs sont plus élevés, plus nobles, et qui, après avoir consacré leur vie à son service et à ses intérêts, se retirent dans l'ombre, pour qu'on ne soupçonne pas l'étendue de leur affection et de leur dévouement. Vous m'autorisez bien à lui suggérer cela ?

— Il faudrait le faire avec une extrême délicatesse, répondit M. Heath pensif ; si quelqu'un d'autre que vous me faisait une pareille proposition, je dirais : Non ! Mais je puis bien vous avouer que je ne serais pas du tout fâché que Mlle Middleham fût imbue d'une pareille conviction. J'ai, du reste, toute confiance dans le tact et la finesse dont vous ferez usage.

— Je vous comprends à merveille, et cela me décide à ne pas louer mon appartement.

— Très bien. Je n'ai pas besoin d'ajouter, ma chère Henriette, que vos émoluments ne dépendent pas de la longueur de votre mission auprès de Mlle Middleham. »

Quelques jours après la conversation que nous venons de rapporter, l'hôtel de la place d'Eaton était occupé. Les tapissiers l'avaient transformé ; meubles, glaces, tapis, tentures avaient été ajoutés à profusion ; des jardinières encombraient tous les coins, des bouquets ornaient toutes les tables ; en un mot, si les propriétaires légitimes étaient entrés tout à coup, ils n'auraient pas reconnu leur maison. Un sommelier, un valet de pied, un chef de cuisine français, une femme de chambre sémillante et coquette, un cocher, des voitures et des chevaux, complétaient l'installation de la jeune héritière.

Il s'agissait ensuite de se créer des relations. Là encore, l'honorable Mme James Crutchley était inappréciable. Elle avait conservé les meilleurs rapports avec les membres de la famille de son mari ; plusieurs habitaient la province, par économie, et ne venaient passer que deux mois à Londres ; ils étaient heureux de trouver la veuve de leur cousin, toujours prête à les accueillir et disposée à leur venir en aide ; autant ils avaient, vingt ans auparavant, haussé les épaules et pris des airs méprisants pour parler de cette créature que James avait épousée, autant maintenant ils louaient cette bonne, cette excellente créature, qui s'oubliait toujours pour les autres. Quand le vicomte Podager hérita du titre et du château de son père, il fut surpris et charmé de voir que son pied-bot n'était pas une infirmité rédhibitoire, et, dès que l'année de son grand deuil fut passée, il épousa Mlle Brice, fille de M. Brice et Cie, maître de forges.

Mlle Brice avait quinze cent mille francs de dot ; c'était une bonne et aimable jeune personne, un composé de toutes les vertus requises chez une demoiselle à marier : elle jouait un peu de piano, chantait un peu, dessinait un peu, aimait son mari comme il n'est plus de bon ton de l'aimer, et se conduisait comme une femme sensée et honorable.

Ce mariage changea la fortune des Crutchley, mais aussi donna l'entrée de leur maison à des hommes, intelligents sans doute, mais qui n'appartenaient pas à l'aristocratie. On rencontrait dans leur salon des industriels, des négociants, qui avaient gagné leurs millions par leurs efforts personnels et que ne dédaignaient pas les fils de lords ruinés.

Mme James Crutchley était bien connue dans ce cercle-là, car elle avait toujours eu le talent de se rendre indispensable en même temps qu'agréable, sans jamais s'imposer ou demander pour elle-même la moindre faveur. On la trouvait toujours disposée à combler une place vide aux grands dîners, à chaperonner une jeune fille, qui sans sa complaisance aurait été privée du bal ou du théâtre, à faire le quatrième à un whist et à payer sans sourciller quand elle perdait, à se priver d'un plaisir personnel pour rendre service à quelqu'un, surtout quand elle pouvait en retirer quelque avantage pour elle-même, et, par-dessus toutes ces qualités, elle en possédait une grandement appréciée par tous ces financiers! Elle n'avait jamais emprunté un sou!

Ses revenus lui suffisaient pour vivre agréablement; mais elle cherchait à les augmenter en vue des années qui arrivaient et qui pourraient lui

amener des infirmités ; ce fut la raison qui la décida
à entrer comme dame de compagnie auprès de
Mlle Middleham, sans compter que de cette manière
elle pouvait rassembler autour d'elle toute son aristocratique famille.

Celle-ci, consultée sur la position que Mme James
allait occuper, décida qu'il fallait faire quelque chose
pour cette « chère femme ». Ce quelque chose fut une
série de visites. On vint poser des cartes place
d'Eaton. La première visite fut celle de la comtesse
de Maddledot, née Brice, accompagnée de ses filles,
lady Maud et lady Millicent, l'une grande, mince,
blonde comme sa mère, l'autre courte, brune et
vive comme son père. Puis vinrent Mlles Marthe
et Fanny Simpus, vestales surannées, l'une babil-
larde, l'autre sérieuse, habitant l'une Bath, l'autre
Chettenham pendant neuf mois de l'année, et se
réunissant pour la saison dans un petit appartement
de South Audley ; puis lady Quod et Mme Hum-
phington, sœurs cadettes de lady Maddledot, ma-
riées l'une au directeur d'une grande compagnie
houillère, l'autre au colonel en retraite H. Hum-
phington ; et enfin, M. Brice, le grand M. Brice lui-
même, qui ne dédaigna pas de compromettre son
importance et ses millions dans les salons de Mlle Middleham. Nous passerons sous silence les étoiles de
moindre importance et ne parlerons qu'en passant du
vicomte Podager, jeune homme de dix-neuf ans, sous-

lieutenant dans un régiment de hussards, et qui était le type de la jeunesse dorée de ce temps-là.

Toutes ces grandes gens-là comblèrent Grace de leurs politesses et de leur bienveillance. Ils lui auraient fait des avances, par égard pour Mme Crutchley, lors même qu'elle aurait été pauvre et laide ; mais, lorsqu'on connut cette simple et aimable jeune fille, la curiosité fit place à l'intérêt.

Tels furent les principaux éléments de la société de Mlle Middleham ; elle alla dans le monde et reçut chez elle ; mais sa compagne ne lui laissait aucune illusion sur les gens et les choses, et lui faisait remarquer comment toutes ces intelligences, tous ces titres, toutes ces ambitions, gravitaient autour d'un seul dieu : l'argent !

Grace jouissait-elle de sa position, de ces fêtes auxquelles elle assistait en toilettes resplendissantes, où elle se voyait entourée, recherchée, admirée de tous ? Peut-être était-elle touchée et reconnaissante de la bienveillance qu'on lui témoignait ; mais, lorsqu'elle se laissait aller à ce sentiment, quelque remarque sarcastique de Mme Crutchley la ramenait à la réalité, et, quoiqu'elle continuât à se montrer aimable et gracieuse dans le monde, cette méfiance l'empêchait de croire aux sentiments vrais ; pas un compliment, pas une approbation ne lui semblait sincère ; on les adressait à sa fortune, à sa position ; quant à *elle*, personne n'y songeait. Même les dames

qui la recherchaient lui devenaient suspectes : ne
travaillaient-elles pas dans l'intérêt d'un frère, d'un
neveu, d'un fils ? Pour elle, tous ceux qui l'approchaient avaient d'abord pris connaissance du testa-
ment de son oncle et demandé le chiffre de sa fortune, et pas une parole aimable ne lui était adressée
qu'elle n'y vît une hypocrisie.

Tel était le résultat des insinuations innocemment
répétées de Mme Crutchley.

C'était vraiment une douloureuse impression à
donner à une jeune fille devant laquelle s'ouvrait
une vie heureuse et souriante ; aussi ne faut-il pas
s'étonner que Grace fût vite désenchantée des plaisirs
du monde et de la société elle-même. La pauvre
enfant préférait rester seule et tranquille au logis,
quoique ces jours-là la réaction lui montrât toutes
choses sous un jour plus sombre encore. Et cependant ces soirées paisibles et solitaires avaient plus
de charme que les dîners ou les bals ; car, grâce
aussi à des manœuvres habiles de Mme Crutchley,
leur solitude n'était pas complète.

CHAPITRE IV

MADAME CRUTCHLEY EN FONCTIONS

Pour un homme qui aime les enfants et ses semblables, Regent's park offre un coup d'œil des plus
intéressants par un beau jour d'été. Des centaines
de bébés des deux sexes et de tout âge, s'ébattent
dans les allées et sur les pelouses, et l'on est as-
sourdi par leurs éclats de rire et leurs cris de
joie ; sur les bassins naviguent des flottes entières,
depuis le plus petit canot jusqu'au vaisseau de
guerre, au grand amusement des jeunes messieurs
de quatre à huit ans, qui les tirent par une ficelle ;
plus loin sont établis des jeux de croquet pour les
adolescents, et plus loin encore, sous les ombrages
des grands arbres, de jeunes couples, perdus dans
une contemplation mutuelle, conjuguent ce verbe si
ancien, et pourtant toujours nouveau : aimer !

Par une splendide soirée de juin, M. Heath traversait ces allées sombres et jetait un regard de pitié sur les amoureux qu'il rencontrait. Qu'on se mariât dans un cas désespéré, que pour obtenir une position on s'embarrassât d'une femme, il pouvait encore l'admettre à la rigueur; mais que, de gaieté de cœur, deux jeunes gens pussent ainsi se mettre la corde au cou et attirer sur leurs têtes un nombre inénarrable de calamités, c'était un problème au-dessus de sa compréhension. A mesure que l'heure avançait, son front se contractait; il regardait avec impatience au bout de l'allée, et la personne qu'il attendait n'arrivait pas ! Aussi avait-il une expression assez maussade quand une main posée sur son épaule l'engagea à se retourner.

« Vous êtes en retard, Henriette, dit-il; je croyais que vous étiez la seule femme ponctuelle, qui connût la valeur du temps. Ne perdez pas votre meilleure qualité au contact de toutes vos grandes dames. »

Mme Crutchley ne se déconcerta pas le moins du monde :

« Ne vous fâchez pas, Georges, répondit-elle; vous savez bien que, lors même que je m'arrange presque toujours pour faire ce qui me convient, je ne suis pourtant pas toujours maîtresse de mon temps, et j'ai eu grand'peine à persuader à notre jeune amie de faire sa promenade sans moi. De plus, il y a loin de la place d'Eaton jusqu'à ces régions inconnues, et, comme je ne voulais pas que le domestique fût au courant de notre entrevue, j'ai fait une bonne partie du chemin à pied.

— J'ai choisi ces régions inconnues, comme vous les appelez , reprit M. Heath , justement parce qu'elles sont inconnues de notre monde et que nous ne risquons pas d'être surpris. Je viens si souvent chez vous que, lorsque j'ai besoin de vous parler en particulier, il vaut mieux nous rencontrer ailleurs ; ici, au milieu de ces enfants ou de ces fous qui filent le parfait amour, nous n'exciterons pas le moindre soupçon, puisque nous ne sommes connus de personne.

— Ces gens, dont vous parlez avec tant de mépris, ont l'air bien heureux, Georges ; je serais assez portée à envier leur sort. »

Et la veuve se souvint en ce moment de sa tendresse d'autrefois pour le pasteur de Saint-Beckett.

« Si ce soir, pendant que vous écouterez la Patti ou quand vous mangerez du pâté de foies gras, vous songez que tous ces gens-là couchent dans des mansardes et soupent avec du pain et des oignons, vous n'envierez plus leur sort. Mais votre réflexion sentimentale est d'un bon augure pour le sujet que nous devons traiter ensemble ce soir. Vous sympathisez si bien avec l'amour honnête et désintéressé, que vous devez mieux que tout autre plaider la cause des gens vertueux. Où en sommes-nous ?

— Tout marche à souhait ; je crois avoir réussi, du moins jusqu'à un certain point.

— Quand nous avons causé la dernière fois, nous étions d'accord que Mlle Middleham avait une volonté à elle, mais qu'on pourrait aisément la diriger si l'on savait s'y prendre. Avions-nous deviné juste?

— A peu près; elle est plus décidée que je ne l'avais cru ; mais elle est aussi beaucoup plus sensible que je ne l'imaginais, et c'est par ce moyen que j'ai eu de l'influence.

— Vous vous êtes mise à l'œuvre, comme nous en étions convenus ?

— Parfaitement. Je n'ai jamais vu quelqu'un de plus innocent et de plus enthousiaste, et jamais illusions n'ont été si complètement enlevées.

— Je ne vais pas dans le grand monde, en sorte que je vous rencontre rarement ; mais on dit que Mlle Middleham a fait sensation.

— Elle a un succès indiscutable, tout le monde en convient ; j'y suis bien pour quelque chose, mais ses plus grands attraits sont sa beauté et ses manières distinguées. Sa parfaite distinction, sa réserve naturelle contrastent étrangement avec la tenue des jeunes filles de nos jours, qui sont toutes coquettes et évaporées.

— Je pense que sa réputation d'héritière ne lui a pas nui non plus, dit Heath. On disait hier à la cité que lord Accrington avait demandé sa main et avait été refusé; est-ce vrai?

— Oui; il est le quatrième, sans parler de ceux qui n'ont pas eu encore le courage de se déclarer.

— Quatre, dites-vous? Il me semble que vos nobles lords mordent vite à un hameçon doré, Henriette; ils ne se font pas tirer l'oreille pour déposer aux pieds d'une jolie... héritière leur titre, leurs ancêtres, et le reste.

— La génération actuelle est bien dégénérée, Georges; le père du lord Accrington actuel serait mort de faim, ou plutôt est mort de faim, au fond de son château, plutôt que de relever sa maison par une mésalliance.

— Il faut croire alors que son orgueil nobiliaire ne faisait pas partie de sa succession, car son fils est toujours à l'affût des bonnes affaires et ne se montre guère scrupuleux quand il y a quelque argent à empocher. Vous le connaissez peut-être vous-même?

— J'en avais entendu parler et n'ai eu aucune peine à mettre Grace en garde contre lui.

— La couronne de vicomte n'a pas fait pencher la balance? Vous avez donc un fameux empire, Henriette!

— Il y aurait eu des couronnes de ducs parmi les prétendants, qu'elles n'auraient pas eu plus de chance. Mais, en ceci, Grace n'écoute pas seulement mes conseils; elle est dirigée par son bon sens et sa délicatesse. Une fois convaincue que les soupirants visent sa fortune plus qu'elle-même, elle considère toutes les avances comme une insulte et tous les compliments comme des actes d'hostilité.

— Elle doit avoir pris en grippe le monde et les gens du monde !

— Il vaut mieux qu'il en soit ainsi ; elle souffrira moins que si elle épousait un libertin titré qui dissiperait sa fortune et lui briserait le cœur.

— Vous parlez avec chaleur, Henriette, dit Heath en l'examinant avec curiosité. Et quel sort, à votre avis, attend Mlle Middleham, si elle consent au mariage vers lequel nous la poussons ?

— Eh bien, j'espère qu'elle ne serait pas trop à plaindre, répondit Mme Crutchley ; vous êtes un homme tenace, qui poursuivez votre but sans jamais dévier de la route que vous vous êtes tracée, et je sais qu'il ne faut pas s'aviser de se mettre entre vous et ce but. Mais je crois aussi que, une fois que vous l'aurez atteint, — et en épousant une jeune fille riche vous auriez ce que vous désirez, de l'argent et une bonne position sociale, — vous ne demanderez pas mieux que de vous reposer et de devenir un intelligent, mais paresseux membre du Parlement, dont la femme et les dîners seront également irréprochables.

— Vous venez de me prédire un avenir auquel je n'ai jamais rêvé, Henriette, dit Heath en riant, ce qui était rare chez lui. Quelle perspective ! Entre les sessions du Parlement une vie facile, douce, une vraie pastorale! Hercule aux pieds d'Omphale!

— Croyez-moi, vous jouiriez de ce repos après toutes les préoccupations d'affaires qui vous absorbent depuis si longtemps, et, je vous le répète, vous avez grande chance d'y arriver.

— Vous disiez tout à l'heure que lord Accrington était le numéro 4 des rejetés. Puis-je vous demander quels sont les autres?

— Je ne crois pas être indiscrète en vous le disant. L'un est Irlandais et capitaine de vaisseau. Il ne vient à Londres que pour y vendre des chevaux élevés dans sa propriété. Il a été présenté par lord Maddledot et, dès le lendemain, a demandé la main de Grace, qui l'a refusé péremptoirement. La pauvre enfant était indignée d'une pareille conduite.

— Et les autres?

— Les deux autres ont défilé promptement. Le premier, lord Orme, était un homme posé, d'âge mûr, qui aimait vraiment Grace et ne visait pas sa dot. L'autre, sir Charles Skirrow, était un écervelé et un joueur.

— Et Mlle Middleham n'a pas hésité?

— Non; elle a refusé d'emblée, se croyant insultée par ces demandes; elle a éconduit un autre soupirant; mais pour celui-là elle y a mis les formes.

— Ah! ah! Mais nous sommes à cinq, et non à quatre, comme vous le disiez tout à l'heure.

— Je n'aurais pas dû vous en parler, car cela ne
peut pas compter parmi les demandes sérieuses,
quoique le jeune homme ait été désespéré du refus
qu'il a essuyé.

— Qui était-il, Henriette ?

— Mon neveu, lord Podager ; il n'a que dix-
neuf ans, mais il a bon air et des manières aimables. Dès le début, il a été charmant pour Grace,
et je crois vraiment qu'elle avait un petit faible
pour lui. Je lui ai démontré la folie d'un pareil mariage, l'assurant que ce serait bien mal reconnaître
les bontés de ma belle-sœur, bien que je sois sûre
que lady Maddledot en aurait été charmée, en
sorte que, lorsque le pauvre Podager lui a demandé
de devenir sa femme, elle lui a dit qu'il avait perdu
la tête, qu'elle serait toujours une bonne amie pour
lui, mais rien de plus. Mais ensuite elle est montée
dans sa chambre et a beaucoup pleuré.

— Croyez-vous qu'elle aimât véritablement ce
jeune lord ?

— Pas le moins du monde ; elle avait été si dé-
goûtée et indignée des motifs ostensibles des premiers prétendants, que l'affection sérieuse et tendre
du pauvre Podager l'avait émue. Mais, comme
vous l'avez remarqué vous-même, elle a beaucoup
de bon sens ; aussi, passé le premier moment de
surprise et d'émotion, quand elle a eu dit « non »
à mon neveu, elle ne l'a nullement regretté, et

lui conserve tout simplement une solide amitié.

— Croyez-vous que quelques-uns de ces étudiants de Bonn aient fait une impression sur Mlle Middleham ?

— S'il en était ainsi, elle nous l'aurait laissé deviner et n'aurait pas consenti à venir passer la saison à Londres.

— Je vous ai dit, je crois, en passant, que vous feriez bien de surveiller un peu sa correspondance. Elle écrit à Bonn, je suppose ?

— Oui, elle écrit à Mme Sturm, mais assez rarement, tandis qu'une semaine ne s'écoule pas sans qu'une lettre parte pour Mme Waller.

— Waller ! qui est-ce ? Je ne connais pas ce nom.

— J'ai pris quelques adroites informations dès que je me suis aperçue de la régularité de cette correspondance, et Grace m'a dit, sans détour, que c'était la compagne en même temps que la femme de charge de sa tante.

— C'est sans doute dans cet échange de lettres que notre jeune amie épanche son cœur ; aussi je ne vois aucune nécessité d'y mettre un empêchement. Donc, pour nous résumer, vous croyez que nous avons jusqu'ici évité les écueils qui encombraient notre route et que nous approchons du port ?

— Oui, sans doute, répondit Mme Crutchley,

nous avons réussi au delà de mon attente ; tout nous a favorisés, et vous jouez vraiment de bonheur. »

Pendant un moment, M. Heath et Mme Crutchley se promenèrent en silence ; tout à coup Heath s'arrêta.

« Pensez-vous, dit-il, que le fruit soit mûr et que nous puissions le cueillir ? Je ne sais pas attendre, et je ne suis pas encore arrivé au moment où une pastorale suffit à mon bonheur ou à mon ambition ; il me faut du plus positif.

— Mon avis est qu'il ne faut pas vous presser ; vous verrez bien vous-même quand ce sera l'heure et le moment de parler ; mais souvenez-vous qu'une fausse manœuvre, un mouvement d'impatience peuvent tout perdre. Si Grace se doutait de votre plan, vous n'auriez plus aucune chance de succès.

— Fiez-vous à moi. Je n'ai pas travaillé si longtemps pour me laisser entraîner à faire un pas de clerc ; et puis enfin, je vous dois bien quelque chose de plus que mon admiration, pour la manière si habile dont vous avez conduit mes affaires, et, pour vous, je saurai attendre. Tenez, Henriette, prenez cette enveloppe, et mettez-la dans votre poche ; je n'ai pas l'habitude de payer d'avance ; mais vous avez travaillé d'une manière si merveilleuse, que vous avez droit à quelque encouragement. Demain soir, vous restez chez vous, n'est-ce pas ? Alors comptez sur moi vers neuf heures. »

Il la salua et descendit l'allée, pendant que Mme Crutchley disparaissait du côté opposé.

La raison pour laquelle Mlle Middleham appréciait les soirées passées au logis était bien simple ! M. Heath venait invariablement rompre le tête-à-tête de ces dames. D'abord le gérant avait pris un prétexte pour excuser ses visites nocturnes : il avait à entretenir Mlle Middleham de ses affaires, et dans la journée, outre ses occupations personnelles, il craignait que des visiteurs ne vinssent les interrompre ; mais, plus tard, il ne chercha plus aucune excuse, et ce fut chose entendue que, chaque fois que ces dames n'allaient pas dans le monde, M. Heath viendrait leur tenir compagnie ; il refusait toutes les invitations qui le détournaient de ses affaires ; mais, quand il était seul avec Grace, il oubliait ses principes et se laissait entraîner par les charmes de la conversation. Quand on dit seul avec Grace, c'est une erreur, car Mme Crutchley ne les quittait jamais ; mais, une fois le thé servi, elle s'installait dans son fauteuil et s'endormait du sommeil du juste, sans doute pour réparer ses nuits, écourtées trop souvent par le bal ou l'Opéra. Et, pendant qu'elle dormait, la jeune fille, charmée, fascinée par un langage qu'elle n'avait jamais entendu, se laissait entraîner tout doucement vers le but que son séducteur se proposait. Il ne lui parlait pas d'amour, non, jamais, même indirectement ; il ne lui laissa pas soupçonner qu'il aspirait à sa main ; mais il lui parlait sans cesse de son dévouement, de son désir de lui être toujours utile et peut-être même indispensable ; jusqu'alors il avait travaillé pour elle sans la connaître ; désormais il ne demandait qu'à rester son serviteur, son esclave. Et la pauvre Grace l'écoutait, comparant ce désintéressement, cette abnégation, à l'avidité, à la cupidité, aux passions grossières des hommes qui l'entouraient et lui offraient, sans pudeur, leur nom en échange de sa fortune ! Elle trouvait en M. Heath l'homme délicat, qui savait se rendre utile et se retirait quand il était au moment de recevoir le prix de son dévouement. Il savait si bien mettre en jeu tous les sentiments, faire vibrer toutes les cordes de l'âme humaine, qu'il aurait fallu une femme autrement expérimentée que Grace pour résister à cette fascination. Il laissait deviner plutôt qu'il n'exprimait sa pensée, et quand, dans le silence de la nuit, elle repassait dans son esprit leurs causeries du soir, elle trouvait M. Heath incomparablement supérieur à tous les hommes qu'elle avait connus jusque-là.

Est-il extraordinaire qu'une jeune fille simple, candide, ignorante du monde et des hommes, se soit laissée aller au penchant de son cœur qui la portait vers celui qui l'entourait d'attentions, d'égards, qui depuis longtemps se dévouait à ses intérêts, et lui témoignait un intérêt et une affection que la pauvre enfant n'avait jamais rencontrés jusqu'alors?

La saison de Londres touchait à sa fin; Anne comptait les jours qui devaient s'écouler avant le retour de Grace. Celle-ci écrivait moins longuement depuis quelque temps; ses lettres étaient plus espacées, au grand ennui de Mme Sturm, pour laquelle les nouvelles de sa nièce avaient un grand intérêt.

« Enfin voilà une dépêche ministérielle, Waller, » dit la vieille dame, au moment où la domestique remettait à Anne une enveloppe très épaisse.

En effet, c'était une longue épître, mais sans beaucoup de nouvelles; le dernier paragraphe seul mérite d'être cité: « Et maintenant, ma chère Anne, je vous ai gardé une grande surprise pour la fin, et ne sais comment j'ai réservé si peu de place pour cela. Je suis fiancée, Anne, et fiancée à quelqu'un que vous connaissez, au fidèle ami de mon bon oncle, à notre ancienne connaissance de Hampstead, à M. Heath. »

CHAPITRE V

DANS LE CABINET DU BANQUIER

Tout souriait à M. Heath; tous ses désirs s'accomplissaient avant même qu'il les eût formulés. Tout ce qu'il touchait se changeait en or. Il y a un proverbe qui dit : « Heureux au jeu, malheureux en amour! » Apparemment M. Heath était trop foncièrement Anglais pour que ce dicton lui fût applicable, car il réussissait tout aussi bien auprès de Grace qu'à la Bourse.

Lorsque le bruit du prochain mariage de Mlle Middleham se répandit, personne ne pouvait nommer l'heureux mortel qui avait été choisi. Chacun des amoureux éconduits avait ses partisans, qui se flattaient que leur héros allait remporter la palme; mais, quand on connut le prétendant élu, le mécompte et la surprise furent au comble. D'où sortait-

il? On ne l'avait jamais vu dans les réunions, ni au
bal ni au théâtre, pas même aux réceptions de la
place d'Eaton. Comment avait-il bien pu gagner les
bonnes grâces de ce dragon en jupons qu'on nom-
mait Mme Crutchley? L'étonnement fut moindre
parmi les gens d'affaires, car, dans la Cité, M. Heath
s'était fait une bonne et solide réputation; toujours
à son bureau, ne sacrifiant rien à son plaisir, disposé
à venir en aide à ceux qui avaient besoin de lui
(et qui pouvaient le servir d'une autre manière), il
était connu et respecté comme un spéculateur prudent et heureux. Nul ne connaissait la parenté qui
existait entre Mme Crutchley et lui; ils avaient eu
bien soin de se traiter en étrangers, devant le
monde. Aussi, quand on apprit quelle haute récompense Mlle Middleham accordait au gérant, la surprise vint-elle plutôt de voir une jeune personne
aussi reconnaissante, que de la voir épouser son
homme d'affaires.

Il y avait eu bien des changements dans la maison
de banque depuis que M. Heath en avait pris la direction; le voisin l'épicier en gros étant mort, sa
maison avait été louée, pour éviter un voisinage
aussi désagréable pour les nombreux clients qui
entraient et sortaient et tremblaient sans cesse de
voir quelque jambon leur descendre inopinément
sur la tête. L'intérieur de la banque avait été remis
à neuf; les commis avaient une installation plus

commode et qui les mettait à l'abri des regards
indiscrets du public; mais, par contre, les déjeuners
dans les bureaux étaient prohibés; il fallait aller les
prendre au dehors et rentrer à son travail à heure
fixe, sous peine d'être mis à l'amende; le vieux Rumbold lui-même avait sans cesse une épée de Damo-
clés suspendue sur la tête, sa destitution, s'il ne tenait
pas la maison dans un ordre parfait.

Les employés de la banque étaient à peu près
toujours les mêmes, sauf pourtant M. Fordsham, qui
avait été pensionné et remplacé par un nouveau
venu, M. Towser, avec lequel il ne s'agissait pas de
plaisanter et qui maintenait une discipline aussi
juste que sévère.

« Vous avez pour soixante et douze francs d'amen-
des, monsieur Smowle, dit M. Bentle à son ami, qui
arrivait en retard; pour peu que vous continuiez
ainsi, vos appointements ne vous gêneront pas.

— Tant pis, répondit M. Smowle; je suis rentré
très tard hier; on m'avait présenté à un nouvel
artiste de l'Alcazar, un homme charmant; je l'ai
invité à souper après le concert; nous nous sommes
oubliés à table, et trois heures sonnaient au moment
où j'entrais dans mon lit. Ma propriétaire a oublié
de me réveiller, et voilà!

— Avez-vous donné ces bonnes raisons à Towser?

— Je m'en serais bien gardé; je lui ai dit que
j'avais des douleurs dans l'épigastre : je ne sais pas

ce que c'est, mais ce mot ronflant lui a jeté de la poudre aux yeux ; puis je lui ai raconté que la rue d'Oxford était dépavée, que l'omnibus avait dû faire un énorme détour. Mais le misérable a hoché la tête et m'a inscrit à nouveau sur le fameux registre.

— Le gérant vous demandait il y a dix minutes pour copier le compte de M. Lafont. Non, n'entrez pas dans son cabinet dans ce moment ; il a quelqu'un, et vous voyez qu'on l'attend.

— Comment ? Cet individu qui a si mauvaise façon ? Si j'étais à la place de Rumbold, je ne laisserais pas entrer des gens de cette trempe.

— Ne le connaissez-vous pas ?

— Non, mais il ressemble à un perruquier en vacances.

— Eh bien, monsieur, ce personnage que vous méprisez si bien est un des défenseurs de nos libertés, un membre de la presse, un journaliste célèbre, qui écrit dans un journal inconnu, mais qui n'en vend pas moins ses articles au poids de l'or. Si vous n'approuvez pas ceux qu'il vous soumet avant l'impression, et surtout si vous ne les lui payez pas très cher, le lendemain il vous écharpe de telle façon que vous ne vous en relevez pas.

— C'est sans doute pour savoir quel vent souffle dans notre maison qu'il est venu voir le patron ; je ne sais si je me trompe, mais je me figure que Heath le ramonera de la belle façon.

— Et je serais tenté de croire que c'est une affaire faite, » murmura tout bas l'employé.

Au même moment, la porte du cabinet du directeur s'ouvrait, et, pendant que le visiteur s'éclipsait vivement, M. Heath demandait d'une voix brève qu'on lui envoyât M. Towser.

« Comme le gouverneur est en colère! souffla M. Smowle; ce bandit l'aura mis de mauvaise humeur, et nous en porterons tous la peine. »

Que M. Heath fût vivement contrarié, personne n'aurait pu en douter, si on l'avait vu, après avoir donné ses ordres à M. Towser, se promener de long en large, le front contracté, les mains crispées. Son cabinet avait été métamorphosé depuis la mort de M. Middleham; l'ameublement en était commode et élégant; à côté de la cheminée pendaient plusieurs tubes en caoutchouc à embouchures d'ivoire, qui permettaient de communiquer avec les différents bureaux des employés. Appuyant ses lèvres sur l'un d'eux, M. Heath demanda M. Hollebone, et, s'asseyant sur son fauteuil devant son bureau, il tomba dans une profonde rêverie.

Un coup frappé à la porte le fit tressaillir; un petit homme vêtu d'un habit noir usé entra, ferma soigneusement la porte et attendit qu'on l'interrogeât.

« Ah! c'est vous, Hollebone, dit le gérant en levant la tête; quand êtes-vous revenu?

— Hier soir tard, monsieur. »

Ce n'était que quand M. Hollebone parlait que sa physionomie indiquait l'intelligence.

« Avez-vous vu l'homme que vous cherchiez?

— Oui, monsieur, hier matin.

— Alors vous êtes revenu par Ostende ?

— Oui, monsieur, répondit Hollebone étonné. Vous paraissez aussi bien renseigné que moi.

— Pas le moins du monde; je l'ai deviné. Racontez-moi en détail votre voyage.

— Je suis d'abord allé à Bruxelles; je suis descendu à l'*Hôtel de Flandre*, comme vous me l'aviez dit; là, j'ai établi mon quartier général et commencé mes investigations. Le capitaine n'était pas là; mais le concierge de l'hôtel le connaît parfaitement et l'avait vu il y a un mois, au moment où il partait pour Baden-Baden pour assister à un tir aux pigeons; il paraissait en bonnes dispositions et bien fourni d'argent. Mais le concierge supposait qu'il avait dû lui arriver quelque accident, parce que tous les autres tireurs étaient revenus et que le capitaine manquait à l'appel. Je fis connaissance avec quelques Anglais qui fréquentaient le même café que moi, et par eux j'appris que notre homme avait joué et perdu jusqu'à son dernier sou. Il avait écrit à ses amis pour qu'on lui envoyât de quoi revenir à Bruxelles. Peu de jours après, il reparut en personne, non pas à l'*Hôtel de Flandre*, mais dans une brasserie de troisième ordre; il était mis comme un pauvre et paraissait sans ressources. Je n'eus pas grand'peine à lier connaissance; il ne s'agissait que de lui payer à boire.

— A-t-il contracté cette habitude? demanda Heath vivement.

— Oui, monsieur; mais il n'a pas le vin mauvais. Quand j'ai voulu, dans la conversation, et pour suivre vos instructions, savoir quelles personnes il voyait, quels étaient ses amis, il est devenu méfiant, et je n'ai rien pu tirer de lui. Il partait pour Ostende, car il aime être aussi près que possible des côtes anglaises, et, comme je n'avais rien de mieux à faire, je partis avec lui. Nous avons passé trois ou quatre jours ensemble. L'air de la mer lui faisait du bien, et, il y a deux jours, je l'ai trouvé dans un état d'agitation extraordinaire. Il me raconta qu'il avait lu dans un journal anglais une nouvelle qui l'intéressait beaucoup. Mais jamais il ne voulut me dire le nom du journal ni ce qu'il contenait. Il allait à l'avenir avoir des rentes assurées, et jamais il ne connaîtrait plus la gêne ou la misère. Dans sa joie, il se mit à boire démesurément; mais, comme je ne pouvais plus rien tirer de lui, et que vous m'aviez recommandé de revenir le plus tôt possible, j'ai laissé le capitaine ruminer ses bonnes nouvelles.

— Vous avez bien fait, Hollebone. Vous n'avez

donc pas pu découvrir ce qui causait une telle joie
à notre ami?

— Absolument rien, monsieur ; j'ai parcouru tous
les journaux que j'ai pu trouver, et rien ne m'a
semblé devoir intéresser le capitaine ; j'en suis venu
à croire qu'il m'a mystifié.

— J'en sais alors plus que vous, mon bel ami,
murmura Heath quand il se retrouva seul, et ce
vieux gredin, tout ivrogne qu'il soit, a conservé
assez de bon sens pour comprendre ses intérêts et
menacer quand il croit parvenir à son but. C'est la
première fois qu'il montre les dents ; il a souvent
fait des allusions mystérieuses au passé, mais jamais
il n'avait encore osé m'écrire comme il vient de le
faire »

En disant ces mots, il ouvrit un tiroir d'où il tira
une lettre qu'il se mit à relire. Faisons comme lui

« 47, rue Saint-Sébastien, Ostende.

« Mon cher Heath,

« Quoique vous ayez insisté pour que nos relations
se bornent strictement au règlement de nos affaires,
vous me permettrez de vous envoyer mes sincères
félicitations au sujet de la nouvelle que je viens de
lire dans un journal anglais. Croyez que c'est avec
un véritable plaisir que j'ai appris votre prochain
mariage avec une jeune personne qu'on dit aussi

jolie qu'elle est riche. Je ne doutais pas que votre intelligence et vos éminentes qualités ne vous ouvrissent un jour un brillant avenir, mais j'avoue que vous êtes parvenu au but plus vite que je ne le croyais.

« Vous allez prendre ces félicitations pour les divagations d'un vieux radoteur; aussi, pour vous prouver que je ne perds pas tout à fait la tête, j'en viens au côté pratique de la question. Jusqu'ici, par un sentiment de délicatesse que vous comprendrez, je me suis abstenu de récriminer sur l'insuffisance de la pension que vous me faites, car, bien que j'eusse appris que votre position s'était beaucoup améliorée, je savais aussi au prix de quel travail et de quels soucis vous l'aviez acquise. Je trouvais donc tout naturel que vous jouissiez de ce que vous aviez gagné. Aujourd'hui, les choses ont changé; vous allez jouir d'énormes revenus qui ne vous donneront aucune peine à recueillir; vous pourrez même vous retirer des affaires et vivre largement et sans préoccupations d'avenir; tout cela, joint à d'autres raisons que vous connaissez et que je n'ai pas besoin de vous rappeler, me donne l'assurance que vous ne ferez aucune difficulté pour doubler ma pension, car vous ne pouvez laisser un homme qui vous tient de si près dans un état voisin de la pauvreté. Je n'ai pas besoin d'insister sur ce point; je m'en rapporte à votre générosité. Si vous me répondez affirmativement, je ne viendrai pas en Angleterre ; peut-être même me déciderai-je à visiter l'hémisphère occidental.

« Je vous adresse ces lignes, comme d'habitude, à la banque. Vous ne m'avez jamais dit si l'on avait enfin découvert par qui le bon M. Middleham avait été assassiné. On dit que la vérité habite au fond d'un puits ou d'une mare. Vient-elle jamais à la surface ? Croyez-moi, mon cher Heath, votre bien dévoué.

« EDOUARD STUDLEY. »

Quand le banquier eut achevé sa lecture, ses lèvres tremblaient, son visage était blême.

« Il n'y a pas à se méprendre aux intentions de ce misérable, dit-il ; il y a des menaces, et même bien claires, dans les deux derniers paragraphes ; il veut me rappeler l'importance des cartes qu'il tient en main, et il ne reculera devant aucune extrémité, si je ne souscris pas à sa demande. Doubler sa pension ! Ce serait peu de chose ; mais, quand une fois il aurait épuisé son crédit, il recommencerait ce même chantage. Puis, s'il allait parler ! Du moment où il boit, il est capable de tout divulguer sans en avoir conscience ; il devient des plus dangereux. Et pourtant il faut faire un compromis avec lui, du moins jusqu'à ce que je voie ma route clairement tracée, ou jusqu'à ce que, comme il le dit, j'aille

moi aussi visiter l'hémisphère occidental. Je pourrais sans inconvénient laisser les affaires entre les
mains de Towser, et Grace serait certainement enchantée... Que me veut-on? demanda-t-il soudain,
en voyant entrer un commis.

— Je vous demande pardon, monsieur, mais il y
a une dame qui demande à vous voir.

— Est-ce au banquier ou à M. Heath qu'elle désire
parler ?

— A M. Heath, pour des affaires personnelles.

— Faites la entrer... Ceci doit être une surprise
que Grace me ménage, continua-t-il en se parlant à
lui-même; jusqu'à présent, elle a toujours refusé de
venir dans mon cabinet; elle se sera ravisée sans
doute. »

La porte s'ouvrit, et une dame entra; du premier
coup d'œil, Heath vit que ce n'était pas Grace ; la
taille et la tournure n'étaient pas les siennes, mais
un voile épais cachait le visage. D'un air aimable,
le gérant avança un fauteuil et commençait une
phrase polie : « Puis-je savoir, madame, ce qui me
procure... » quand la dame souleva silencieusement
son voile.

M. Heath retomba lourdement sur son siège en
balbutiant un seul mot : « Anne ! »

CHAPITRE VI

BATTU

Paralysé d'étonnement et d'effroi, Heath resta quelques minutes immobile, les yeux fixés sur cette visiteuse importune. Un spectre ne l'eût pas plus bouleversé; au premier instant, il crut à une apparition surnaturelle, tant le visage qui était devant lui était livide, le regard froid et défiant. Il croyait qu'Anne était morte. Quand le capitaine Studley était revenu de son voyage à Paris, à la recherche de sa fille, il lui avait raconté comment Anne avait disparu de Calais. Heath en avait conclu qu'elle s'était jetée à la mer; les horribles scènes auxquelles elle avait assisté, jointes à la maladie qu'elle avait faite, lui avaient sans doute dérangé le cerveau, et, pour éviter la honte et l'infamie, elle s'était suicidée. Le capitaine avait accepté cette explication ;

lui-même croyait que sa fille n'était plus de ce
monde ; mais il savait aussi qu'elle ne s'était pas
noyée à Calais, puisqu'elle lui avait encore écrit de
Paris. Dans cette lettre elle lui faisait ses adieux
et lui disait que, la vie lui semblant insupportable,
elle allait chercher le repos parmi les morts inconnus. Il ne parlait donc d'elle, quand de loin en
loin il se souvenait d'elle, que comme d'un être disparu de ce monde.

Elle était là, froide, glacée, sans pitié. Pendant
que Heath la regardait, toute la tragédie de ce
fameux dimanche soir repassait devant son esprit.
Il la revoyait debout près de la fenêtre, assistant au
meurtre ; il entendait le douloureux gémissement
qu'elle poussa en tombant évanouie. Depuis bien des
mois, il était parvenu à étouffer ce souvenir, et tout
d'un coup Anne, comme une furie vengeresse,
apparaissait devant lui.

Quand enfin il eût retrouvé la voix, il lui demanda en balbutiant :

« Qu'est-ce... qu'est-ce qui vous amène ici ?

La voix calme et claire d'Anne contrastait avec la
sienne quand elle lui répondit :

« Il n'y a qu'une raison au monde qui ait pu me
ramener ici : j'ai une amie que j'aime plus que ma
vie. Je sais que vous ne croyez ni à l'amour ni à
l'amitié ; mais vous jugerez de la profondeur de ma
tendresse pour cette femme quand vous saurez que

c'est pour la sauver que j'ai trouvé le courage de vous revoir. »

Heath avait retrouvé sa présence d'esprit pendant ce temps. Il savait que cette femme qui se tenait devant lui ne revenait pas de l'autre monde, bien qu'elle lui inspirât un effroi sans pareil ; aussi n'avait-il pas sa perspicacité ordinaire et ne vit-il pas l'air résolu d'Anne en même temps que l'horreur qu'il lui inspirait. Il reprit la parole d'un ton goguenard :

« Et, maintenant que vous avez pris le courage de surmonter votre réserve féminine pour me revoir, peut-être voudrez-vous bien me dire ce que vous réclamez de moi ?

— J'ai appris que vous alliez épouser Mlle Grace Middleham. Un tel mariage serait sans doute très-avantageux pour vous, à tous les points de vue, car elle est belle, elle est riche ; mais, quelque affection que vous lui portiez, mon amour pour elle dépasse le vôtre, et je viens vous dire que vous devez renoncer à elle.

Le gérant avait recouvré son sang-froid.

« Je vous remercie d'aborder la question avec cette franchise ; je ne vous accorde pas le droit de parler de mes sentiments pour Mlle Middleham ; mais j'avoue nettement que j'ai l'intention de l'épouser et que je l'épouserai.

— Avez-vous réfléchi à ce que vous dites, Georges

Heath? reprit Anne en s'asseyant et en le regardant
en face. J'ai disparu pendant si longtemps que vous
m'avez crue morte, comme en effet je voulais l'être
pour tout le monde, sauf pour elle. Vos succès vous
ont sans doute fait oublier quels sont les rapports
qui existent entre nous. Quelques mots suffiront à
vous les rappeler. Si vous ne renoncez pas à Grace
Middleham, je dis tout ce que je sais. Je vous dénonce comme assassin. »

Heath pâlit; mais son sourire moqueur reparut
presque aussitôt.

« Vos études chez les demoiselles Griggs, où j'ai
eu le plaisir de vous voir pour la première fois,
dit-il, ne vous ont pas fait connaître nos lois, car
vous sauriez alors que la déposition d'une femme
contre son mari n'a aucune valeur. Et j'ai l'honneur
et le plaisir de vous nommer ma femme. »

Il la regardait attentivement pour voir l'effet de
ses paroles; pas un muscle de son visage n'avait
bougé.

« Comme vous voudrez; mais, dans ce cas, j'ai
gagné ma cause. Si vous me reconnaissez pour votre
femme, Grace est libre, car je ne puis admettre que
vous vouliez devenir bigame. »

Heath était pris; mais, irrité par les manières
froides et calmes d'Anne :

« Supposons que je vous renie; que ferez-vous?

— Dans ce cas, vous restez désarmé devant ma

dénonciation ; je puis déposer contre vous et vous
faire condamner.

— Soyez maudite ! s'écria Heath en frappant sur
la table ; que vous soyez ma femme ou non, je dirai
à tous que vous êtes folle, que personne ne vous connaît, que je ne sais ce que vous voulez. Et, si vous
m'accusez d'avoir fait disparaître Walter Danby,
notez qu'on vous demandera des preuves et que vous
ne pourrez en fournir aucune ; où trouvera-t-on son
corps ? Il n'y a pas moyen de prouver qu'il est jamais
venu dans ce satané Loddonford. On ne compromet
pas la vie d'un homme aussi aisément que vous le
croyez.

— Je sais du moins qu'il est aisé d'assassiner un
homme, répondit Anne toute frissonnante. Quant
au corps de Walter Danby, vous savez, aussi bien
que moi, qu'il est caché à Loddonford. »

Elle le regardait fixement en prononçant ces
mots ; mais son visage ne trahit pas la moindre
surprise.

« Je n'en sais rien, au contraire, dit-il en la
saluant ; mais, du moment où vous me le dites, cela
me suffit ; je crains néanmoins qu'un tribunal soit
plus difficile à convaincre. »

Anne resta un instant interdite par l'aisance parfaite de Heath ; mais elle reprit bientôt :

« Je n'ai que l'embarras du choix dans les accusations à porter contre vous. Si je parlais du vol

des diamants, par exemple? Vous savez que je les
ai vus.

— Puis-je vous demander *où* vous les avez vus?
N'était-ce pas dans la maison de votre père, à Loddonford ?

— Certainement ; mais ce ne serait pas une raison
pour me fermer la bouche. Je ne sais pas si mon
père est mort ou vivant ; mais il n'est rien pour moi
comparé à Grace Middleham. Veiller à ce que sa
vie ne soit pas à jamais brisée, voilà ce que je veux,
et, pour la sauver, je dirai tout. Oui, *tout*, ne cachant rien, n'épargnant personne ! »

En finissant ces mots, Anne se leva, une main
menaçante tendue vers lui ; il recula subjugué.
Comment ! Cette jeune fille, dont il avait cru si
aisément venir à bout, le menaçait avec une audace, une fermeté qui ne laissait aucun doute sur
sa résolution ! Il était forcé de s'avouer à lui-
même que tout son échafaudage, si savamment
combiné, si habilement construit, tombait en pous-
sière devant cette femme. Il était battu sur ce point ;
si Grace apprenait ce mariage, elle le repousserait
avec horreur. Il était battu en tous sens, battu par
une femme, et il fallait en convenir devant elle.
Restait à tirer le meilleur parti possible d'un aussi
mauvais jeu. Après un instant de réflexion, il put
reprendre avec calme :

« Un homme de sens renonce à la lutte quand

il n'a plus de chance de vaincre. Vous exigez que je renonce à mon mariage avec Mlle Middleham, ou vous ne répondez pas des conséquences. Vos menaces me forcent à me soumettre ; mais, en même temps, je vous donne cet avertissement : Si vous révélez quoi que ce soit en dehors de ce qui est nécessaire pour empêcher ce mariage, vous perdez votre père sans ressource, votre père qui est un ivrogne et un mendiant ; vous le condamnez à la prison avec moi, ou à la famine sans moi. Quoique vous ne fassiez pas parade de votre tendresse filiale, cette perspective ne vous sourit pas beaucoup, j'imagine ?

— Mes sentiments pour mon père sont tels qu'il les a faits lui-même, et je ne crois pas nécessaire d'en parler ici. Si vous renoncez volontairement à la main de Mlle Middleham, mon but est atteint ; mais il faut que la rupture vienne de vous.

— D'accord ; je vous ai déjà dit que vous étiez trop forte pour moi et que je mettais bas les armes.

— Ecrivez alors une lettre que j'emporterai.

— Une lettre ? Ne puis-je pas m'expliquer avec Mlle Middleham à notre prochaine entrevue ?

— Je désire que vous ne la revoyiez jamais. Ecrivez une lettre, comme je vous l'ai dit ; je la lui remettrai.

— Comme vous voudrez, » dit-il.

Et il se mit en devoir de l'écrire.

« Cela vous convient-il ainsi ? demanda-t-il quand il eut fini. Je lui dis qu'il m'est impossible de tenir mon engagement, sans lui dire pourquoi ; je vous laisse les explications, pourvu que vous respectiez nos conventions.

— Ceci suffit parfaitement, dit Anne en mettant la lettre dans sa poche. Comptez sur ma parole ; je tiendrai notre marché. Et maintenant nous allons nous quitter.

— Pas tout à fait encore ; donnez-moi encore quelques minutes, je vous prie. Vous avez obtenu ce que vous vouliez ; j'ai quelques mots à vous dire.

— Je vous écoute.

— Je voudrais savoir, dit-il en la regardant avec admiration (car, calme et hautaine, elle ne paraissait nullement le craindre), je voudrais savoir ce que vous allez devenir.

— Quel intérêt cela peut-il avoir pour vous ? Quel droit avez-vous de me le demander ?

— Je désire le savoir, parce que vous m'avez inspiré un très-grand intérêt, parce que je suis enchanté de découvrir ce que vous êtes. Notre première connaissance a été si superficielle que je n'avais pu apprécier tout ce que vous valez, et j'ai le droit de vous le demander, parce que je suis votre mari.

— Allez-vous faire valoir vos droits ? demanda-t-elle d'un air méprisant.

— Je le crois vraiment ; avec votre talent, votre courage, — vous voyez que je parle franchement, — vous pourriez m'être très-utile, et je ne vois pas pourquoi je vous accorderais votre liberté quand vous venez de me priver de la mienne ?

— Vous avez mis en avant tout à l'heure un axiome qui est incontestable, quand vous disiez que vous rendiez les armes parce que vous vous sentiez vaincu. Mais vous ignorez peut-être qu'il ne faut jamais menacer quand on ne peut pas mettre ses menaces à exécution. Vous m'avez dit, il y a un moment, que vous me défiiez de faire ce que je disais ; je vous rétorque votre propre phrase. Je vous préviens que, si vous essayez de revoir Mlle Middleham, je vous dénonce à la justice. Et, quant à me forcer à vivre près de vous, je vous dis que vous me voyez aujourd'hui pour la dernière fois, à moins qu'il ne s'agisse de *son* bonheur, car alors je risquerais tout pour l'assurer. »

Sans le regarder, sans hésiter, elle ouvrit la porte, et, passant au milieu des clients, elle fut bientôt perdue dans la foule.

Presque aussi vite, Heath saisit un des porte-voix et appela Holleborne.

« Partez aussi vite que possible ; suivez une dame qui vient de sortir d'ici ; elle est grande, vêtue de noir, voilée ; elle doit être à peine dans la rue ; assurez-vous de quel côté elle se dirige. »

« Et moi qui croyais cette jeune fille sans moyens, sans initiative ! Moi qui ai si facilement consenti à ce que son père l'emmenât après notre mariage et qui m'étais tant réjoui de sa mort ! Comment ai-je pu être assez idiot pour cela ? Si j'avais pu soupçonner sa valeur, j'aurais pu en faire une alliée utile, tandis que maintenant c'est une ennemie implacable ! Peut-être serais-je parvenu à triompher de son aversion ; on a vu des femmes oublier les plus poignantes impressions quand leur intérêt ou leurs passions parlaient. Quelle chance ce Studley a perdue ! Lui, il aurait pu mieux encore l'apprivoiser et se servir d'elle pour faire son chemin, au lieu de s'adonner à la boisson comme il l'a fait. Ce qui me console, c'est que ce vieil ivrogne soit resté en France. J'ai assez de besogne sur les bras sans avoir encore à m'occuper de lui. Il faut que je trouve une excuse plausible pour la rupture de ce mariage, car elle n'aurait pas hésité à me dénoncer. Je suis pour le moment à l'abri d'une pareille catastrophe, et, pour peu qu'Anne Studley m'accorde un peu de répit avant de produire ma lettre, je puis encore, tout en perdant l'héritière, conserver ma position de gérant. Allons ! à l'ouvrage ! » continua-t-il en sonnant.

Le concierge parut :

« Appelez M. Towser, » dit M. Heath.

La faculté qu'il possédait de s'absorber dans son travail, quelles que fussent ses préoccupations, lui

permit de se plonger dans ses calculs et d'oublier
Anne Studley.

Malgré son calme apparent, Anne avait dû faire un
grand effort pour conserver sa présence d'esprit et
profiter de tous les avantages de sa position ; aussitôt qu'elle fut dans la rue, elle monta dans un cab
qui passait et donna ordre de la conduire à la place
d'Eaton. Une fois seule, elle fondit en larmes ; elle
avait remporté la victoire : elle avait sauvé Grace ;
mais quelle scène ! quelles émotions ! Anne ne voulait découvrir à son amie la grandeur du péril qui
l'avait menacée que s'il y avait une absolue nécessité ; elle savait que la jeune fille était volontaire et
qu'elle avait bonne opinion de son propre juge-
ment. Sans doute, ces qualités ou ces défauts
avaient augmenté depuis que l'héritière avait été
encensée et adulée, et sans doute ainsi elle refuserait
de croire quelque chose de fâcheux sur le compte
de son fiancé ; elle exigerait qu'il vînt lui-même se
justifier. Il fallait donc agir avec circonspection et
persuader à Grace d'une manière ou d'une autre de
retourner en Allemagne, de telle sorte que la dis-
tance fût un obstacle aux mesures qu'elle pourrait
prendre dans un premier moment de colère qu'elle
regretterait ensuite.

Anne s'était remise de son émotion. Quand elle
arriva à la place d'Eaton, elle demanda au valet de
chambre de s'informer si Mlle Middleham pouvait

recevoir Mme Waller. Grace était seule quand on
lui transmit ce message, et, comme il y avait fort
longtemps qu'elle n'avait entendu prononcer ce
pseudonyme d'Anne, elle resta un instant avant de
comprendre qui la demandait. Tout à coup, elle se
souvint et, au grand ébahissement du domestique,
passa devant lui et descendit l'escalier quatre à
quatre ; quelques minutes après, elle tenait son amie
dans ses bras et la couvrait de baisers.

« Ma douce chérie ! s'écria-t-elle ; vous êtes bien
la dernière personne que je pensais voir à Londres,
après tous vos refus à mes nombreuses invitations.

— Je ne serais pas venue, chère amie, disait
Anne en lui rendant ses caresses, si je n'avais été
appelée par une affaire importante.

— Je sais ce que vous voulez dire ; vous avez reçu
ma lettre qui vous annonçait mes fiançailles avec
Georges, avec M. Heath, veux-je dire. Et vous êtes
venue pour vous associer à mon bonheur et pour
me faire aussi un bon petit sermon.

— Je suis venue pour une affaire sérieuse, mais
pas celle-là ; malheureusement je vous apporte de
mauvaises nouvelles. Il vous sera sans doute désagréable, au milieu de vos succès, d'entendre parler
de maladie et de souffrances, mais il faut pourtant que
je vous dise que Mme Sturm est bien malade, beaucoup plus malade que je ne vous l'ai écrit jusqu'ici.

— Pauvre chère tante! comme c'est triste, et comme je suis fâchée pour elle !

— Elle parle sans cesse de vous, Grace, et demande instamment à vous voir.

— Il est bien fâcheux que cette maladie tombe dans un moment où je suis loin d'elle.

— Ces jours derniers, elle vous demandait avec tant d'instances que nous ne savions plus que lui répondre ; enfin, je n'ai pas pu résister à ses prières, et je suis partie avec l'espoir que je parviendrais à vous persuader de revenir avec moi à Bonn.

— Mais, ma chère Anne, ce que vous me demandez là est tout simplement impossible.

— Pourquoi ? vous êtes maîtresse de vos actions, ce me semble, et vous ne devez compte à personne de ce que vous jugez bon de faire.

— Certainement, je suis parfaitement libre ; je n'ai d'avis à demander à qui que ce soit ; néanmoins on pourrait trouver étrange que je parte ainsi sans prévenir personne.

— Qui s'inquiétera de vous ?

— Mme Crutchley, en premier lieu.

— Que vous importe ce que pense Mme Crutchley? Elle est, n'est-ce pas, votre dame de compagnie, à vos gages pendant la saison, comme vos domestiques, vos chevaux, etc. Vous la remercierez et ne la reverrez plus, voilà tout. Cette pauvre mourante là-bas, qui ne cesse de nous répéter que vous êtes la seule parente qui lui reste, a, ce me semble, plus de droits sur vous, quand elle demande en grâce à vous embrasser avant de mourir.

— Vous avez raison, répondit Grace adoucie, et si je croyais que je pusse lui faire quelque bien....

— Rien ne peut plus lui faire de bien, Grace ; et ce serait pour elle une grande douceur de vous dire adieu, et pour vous-même, quand elle ne sera plus, vous serez heureuse de vous dire que vous avez adouci ses derniers moments.

— Vous dites vrai, Anne, mon devoir est de partir ; je partirai. Elle a été bonne pour moi, la pauvre femme, et je ne serai pas ingrate. Je ne resterai absente que quelques jours, et je suis sûre que Georges approuvera mon départ quand il en connaîtra les motifs.

— Vous partirez alors avec moi par le train-poste de ce soir ? dit Anne. Vous n'avez pas besoin de femme de chambre. Je suis Mme Waller, vous savez, et puis vous aider en toutes circonstances.

— Ce soir ? C'est bien prompt, Anne. J'aurais tant aimé voir M. Heath avant de partir !

— Chaque heure de retard peut être d'une grande importance ; votre tante est dans un état désespéré, et vous ne vous pardonneriez pas, j'en suis sûre, d'arriver trop tard.

— Vous avez toujours raison, chérie ; nous partirons ce soir. »

Quand cette décision fut communiquée à Mme Crutchley, la digne femme en fut confondue. Elle mit
en avant les bals, les réunions auxquelles Grace
avait promis d'assister, la désolation de ses amis,
quand ils se verraient privés de sa société, et tout
cela sacrifié pour une vieille tante malade. Mais il y
avait toujours une réponse à chacune de ses objections, et elle dut se résoudre à voir partir Mlle Middleham.

Elle insista sur la nécessité d'avertir M. Heath de
ce départ si prompt, et, comme Anne fut aussi de
cet avis, Grace écrivit deux billets à son fiancé, l'un
à son bureau, l'autre à son appartement, pour le
prier de venir lui dire adieu. On les envoya par un
messager, qui devait rapporter une réponse ou ramener M. Heath.

Les heures avaient passé; l'exprès était revenu
sans avoir pu joindre le gérant : il était sorti, et
personne ne savait où le prendre. Mme Crutchley
espérait encore le voir apparaître; mais l'heure
arrive, et Mlle Middleham, après lui avoir fait de
tendres adieux, monte dans sa victoria avec
Mme Waller. Le solennel valet de chambre les ac-
compagne jusqu'à la gare, prend leurs billets, fait
enrégistrer leurs bagages et les salue par manière
de bénédiction, au moment où le train se met en
marche.

M. Heath, dissimulé derrière un amas de mar-

chandises, a aussi assisté à leur départ. Ses sentiments, du moins à l'égard d'une des voyageuses,
ne sont pas d'une bienveillance exagérée ! « Vous
avez réussi, murmure-t-il. Soyez maudite ! Vous
l'emmenez loin de moi, et dans deux ou trois jours
vous lui direz..... Oh ! pardon, monsieur ! »

L'homme contre lequel M. Heath avait trébuché
portait un chapeau cabossé et des vêtements usés
jusqu'à la corde. Il tressaillit au son de cette voix,
fit quelques pas jusqu'à un bec de gaz, puis il s'approcha si près de M. Heath que celui-ci sentit sur
sa joue une haleine chaude, et une langue empâtée
lui demanda :

« Qui allez-vous assassiner, maintenant ? »

CHAPITRE VII

UN REGARD RÉTROSPECTIF

Il est probable que si M. Heath avait pu répondre selon son désir à la question : « Qui allez-vous assassiner maintenant? » l'homme qui la lui avait posée n'aurait plus eu la chance de le redire une seconde fois; mais, comme le gérant dut se priver de cette satisfaction, il sentit ces mots lui monter aux lèvres : « Votre diablesse de fille! »

Car cet homme de mauvaise mine, mal vêtu, à la démarche vacillante, à l'haleine chaude et avinée, était tout ce qui restait d'Edouard Studley, de celui que pendant de longues années on avait remarqué pour sa belle prestance, pour son air comme il faut. Il était là devant Heath, avec des yeux injectés de sang, un sourire insolent qui semblait narguer son ancien complice. Le gérant aurait désiré lui sauter à la gorge et lui imposer un silence éternel. Mais un instant de réflexion lui fit comprendre qu'il pourrait payer cher une pareille vengeance. Le malheureux qui était là devant lui, vieux, pauvre, faible, pouvait être aisément dirigé et conduit au moyen de quelques verres de liqueur ; tandis que, s'il apprenait que sa fille vivait encore, il lui restait peut-être assez d'intelligence pour exploiter cette découverte et se montrer rebelle à tous les arrangements qu'on lui proposerait. Il fallait donc à tout prix temporiser avec ce charmant beau-père et voir comment on pourrait l'éloigner au plus vite.

« Est-ce vraiment vous ? dit M. Heath en affectant une franchise et une bonhomie qui lui avaient souvent servi à cacher son jeu. Je ne vous aurais pas reconnu au premier abord, tant vous avez pris une tournure étrangère. »

Le capitaine ne s'y laissa pas prendre.

« Ma tournure est quelque chose de plus qu'une tournure étrangère, répondit-il en jetant un regard sur ses habits malpropres, et, de même qu'il n'y a pas de meilleurs sourds que ceux qui ne veulent pas entendre, de même rien n'est plus difficile que de convaincre de notre existence ceux qui ont intérêt à nous croire morts. Tels sont vos sentiments à mon égard, je suppose et, quand je vous demande *qui* vous voudriez assassiner, je connais la réponse avant que vous l'ayez articulée. »

Le visage de Heath s'assombrit; mais il triompha vite de cette impression et reprit :

« Vous feriez mieux de ne pas employer des expressions si crues, lors même que vous auriez à vous plaindre de moi, ce qui n'est pas le cas, ce me semble. Mais nous causerons de cela plus tard. Je comptais justement répondre ce soir à votre lettre d'Ostende, mais nous pourrons mieux arranger nos affaires de vive voix. Avez-vous dîné?

— J'ai mangé du bœuf froid et bu un peu de bière sur le bateau, et depuis lors je n'ai rien pris, de solide du moins.

— Eh, bien, venez dîner avec moi, et, pendant le repas, nous pourrons causer à notre aise; je vais vous conduire dans un restaurant où nous serons tranquilles et où la cuisine est remarquable. »

Il offrit le bras au capitaine, en ayant le soin d'enfoncer son chapeau sur ses yeux et de relever son col d'habit, pour éviter d'être reconnu en pareille compagnie, et, après avoir suivi une série de petites rues tortueuses, les deux compagnons arrivèrent dans un petit établissement où M. Heath fut reçu avec toutes les marques de déférence dues à un client. Il se fit conduire dans un petit salon au premier étage et commanda le dîner; pendant qu'on préparait le potage et le poisson, il se faisait donner des hors-d'œuvre et une bouteille de sauterne.

Un bon verre de cet excellent vin ramena la vie dans les yeux ternes de M. Studley.

« Voilà ce que j'appelle une riche boisson ! s'écria-t-il. Si je pouvais en boire souvent, je retrouverais mes forces ; car je ne suis plus l'homme que vous avez connu, quand nous faisions des affaires ensemble. La vieillesse me tient dans ses serres, comme on dit quelquefois ; et je suis seul au monde, au moment où j'aurais le plus besoin d'être entouré. »

En disant ces mots, il tendait son verre, qui fut immédiatement rempli.

« Il ne faut pas prendre les choses d'une manière si lamentable, Studley, dit M. Heath avec un sourire. Vous connaissez notre proverbe : Le vieux chien n'est pas encore mort.

— Peut-être bien ; mais le degré de vitalité qui lui reste dépend des conditions dans lesquelles il se trouve. Laissez-le vivre dans la cuisine et se nourrir des débris de la table de son maître, tout ira bien ; mais, si vous le laissez coucher dans une vieille barrique et si vous ne lui donnez que des os à ronger, vous verrez dans quel état il sera bientôt. Et voilà où j'en suis, Heath ; j'ai fait maigre chère depuis quelque temps ; aussi suis-je à bout de patience, monsieur, et je ne le supporterai pas plus longtemps.

— Nous coulerons cette question à fond un peu plus tard, quand le garçon ne sera plus autour de nous ; voici le potage, dînons ; les affaires viendront après. Ne mettez donc pas du poivre comme cela, mon bon ami ; vous allez gâter la soupe.

— Mon palais a besoin d'excitants ; il n'est plus aussi délicat qu'autrefois ; on me recommande de bien me nourrir ; je sais que j'ai besoin de fortifiants ; mais comment faire quand les moyens manquent ?

— Je ne vois pas que vous ayez tant à vous plaindre, capitaine ; la pension que je vous ai servie jusqu'à présent n'est pas énorme, je le sais, mais elle est suffisante pour vous seul, et si vous avez toujours le même bonheur au jeu.....

— C'est ce qui vous trompe, monsieur ; la chance et l'habileté m'ont abandonné toutes deux. On a mis de nouveaux jeux à la mode ; je les connais à peine et ne les comprends pas bien ; aussi ai-je renoncé à tenter la fortune. Je ne puis plus compter sur ma tête ni sur ma main pour me procurer des ressources, et il faut que j'aie de quoi vivre plus largement que je ne l'ai fait jusqu'ici. Je n'aime plus Londres ; je préfère habiter la France ou la Belgique, et, pourvu que j'aie une demi-bouteille à mon déjeuner, une bouteille entière à mon dîner et un bon grog le soir, je me déclare satisfait. C'est pour cela que je vous ai écrit. Vous avez reçu ma lettre, je pense ?

— Oui, certainement, je l'ai reçue, grommela M. Heath entre ses dents.

— Comme vous ne vous pressiez pas de me répondre, j'ai trouvé plus sage de venir savoir ce que
vous décidez. Que pensez-vous de ma demande? »
ajouta le capitaine.

Le flacon de sauterne était vide, et déjà une bouteille
de beaune se trouvait à peu près dans le même état.

« Je ne me rappelle pas exactement les détails,
répondit le gérant avec un sourire; mais, tel que je
vous connais, vous deviez évidemment me demander
de l'argent. Je ne vous le refuse pas absolument;
mais il me semble que vous raisonnez sans connaître
le fond des choses. Vous me croyez riche, sans doute?

— Vous en avez la réputation tout au moins, et
il me semble qu'il n'y a pas à en douter. Le gérant
de la banque Middleham est placé de manière à
savoir bien des choses d'avance et à faire des spéculations heureuses, à coup sûr.

— C'est justement parce que je n'ai profité d'aucune de ces bonnes occasions dont vous parlez, et
que je me suis renfermé uniquement dans la direction des affaires de la banque, que je me suis fait
la position que j'occupe aujourd'hui et qui me rapporte de bons appointements, il est vrai.

— Je veux bien vous croire; mais il reste encore
la jeune personne que vous allez épouser, — la
langue du capitaine s'épaississait, — cette héritière
qui vous comble de ses millions? Là, je ne me souviens plus des détails; mais, comme je me méfie de

ma mémoire, j'ai conservé l'annonce du journal. »

Et, tirant de sa poche un vieux *Times*, il mit sous les yeux de Heath le paragraphe suivant :

« On annonce un mariage, qui est, dit-on, arrangé entre Mlle Middleham, l'héritière du fameux banquier, qui a fait cette année son entrée dans le monde et attiré tous les yeux par sa beauté et sa richesse, et M. Georges Heath, gérant de la banque, et dont l'habileté a doublé les capitaux de sa fiancée. »

« Qu'avez-vous à dire à cela, monsieur Heath?

— Tout simplement que cette histoire est un mensonge ; que cette annonce ne repose sur aucun fondement, et que ce sera sans doute quelque boucher ou quelque boulanger qui m'aura vu entrer souvent chez Mlle Middleham, pour le règlement de ses affaires, et qui en aura tiré cette belle conclusion !

— Est-ce que vraiment vous n'épousez pas Mlle Middleham ?

— Pas plus que vous, mon brave ami ; et je suppose que vous ne songez pas à elle. Savez-vous ce qui m'a amené ce soir à Charing Cross ? J'accompagnais Mlle Middleham, qui partait pour l'Allemagne, et je l'accompagnais, non comme son fiancé, ou même comme un ami, mais comme son homme d'affaires tout simplement. Elle partait avec sa femme de chambre, par le train express. Vous voyez donc qu'il n'y a pas un mot de vrai dans ce que dit votre journal.

— Cela me paraît ainsi, dit le capitaine; mais, ajouta-t-il en jetant un regard menaçant à son compagnon, vous me parlez de l'avenir, et moi je songe au passé, et dans ce passé je connais certains faits qui seraient d'un haut intérêt pour la justice. »

Heath tressaillit; mais déjà le capitaine avait perdu son air fanfaron; sa tête se penchait sur sa poitrine, et ses yeux se fermaient.

« Il lui faut bien peu de vin maintenant pour le griser, murmura le gérant, et je suppose que ce n'est que lorsqu'il a bu qu'il retrouve son audace et songe à se venger. Néanmoins il sera prudent de le faire partir et de le tenir loin de moi. Quel être dégradé! Sa fille ne l'a jamais beaucoup aimé, que je sache; mais, si elle le voyait ainsi abruti, comme elle le mépriserait! Ou bien, qui sait? les femmes sont parfois si étranges! Elle serait capable de se laisser toucher par sa misère et son abandon. »

Pendant longtemps, Heath resta auprès de Studley endormi; nous ne savons pas quelles furent ses réflexions pendant ces quelques heures, mais toujours arriva-t-il à cette conclusion :

« Il faut l'éloigner, et pour cela l'argent seul l'y contraindra. »

Quand il eut payé l'addition, il réveilla le capitaine; celui-ci, reposé par son sommeil, réconforté par un bon dîner, parut frais et dispos.

« Ce petit somme m'a fait du bien, dit-il en s'éti-

rant ; un bon repas, une agréable conversation, rien
ne dispose mieux aux affaires sérieuses. Cela me
fait souvenir que nous n'avons pas coulé à fond la
question de ma pension. L'augmenterez-vous?

— Certainement, quoique je ne puisse pas encore
vous fixer un chiffre exact. C'est une lourde charge
pour moi ; mais je désire que rien ne vous manque,
à condition que vous irez vivre où vous voudrez,
pourvu que ce ne soit pas en Angleterre. Repartez
pour Ostende, et je vous écrirai à votre ancienne
adresse. »

En terminant sa phrase, Heath lui tendit deux
billets de cent francs ; le capitaine saisit avidement
cette somme ; il allait retomber dans son état de
somnolence, quand il fit un effort et murmura :

« Bonsoir ! »

Puis il se redressa et descendit la rue d'un pas
presque ferme.

Il avait disparu depuis un moment, que le gérant
demeurait immobile à la même place. Il débattait
en lui-même la question de savoir s'il irait à son
cercle, s'étourdir au milieu de ses amis et connaissances, ou bien s'il rentrerait chez lui ; ce dernier
parti l'emporta, car il avait eu une terrible journée.
et il se sentait à bout de forces physiques et morales.

Il demeurait dans un quartier tranquille, dans
une maison habitée par des négociants et même
quelques ouvriers. Il avait, au premier étage, un

appartement simple, bien meublé, quoique sans luxe; dans son salon, une vaste bibliothèque était garnie des chefs-d'œuvre de la littérature moderne; quelques peintures de prix décoraient les murs, mais les tentures étaient sombres, et on ne voyait pas sur les tables ces mille colifichets qui encombrent les logements des « lions. » Il entra chez lui au moyen d'un passepartout, car il vivait seul. Il prit un paquet de lettres déposées sur sa table, examina les adresses, et, comme sans doute aucune n'offrait d'intérêt, il les rejeta loin de lui sans les lire. Il s'assit au coin du feu. Mais ses méditations n'étaient pas d'une nature agréable, car au bout d'un instant il se leva subitement et se mit à arpenter la chambre en tous sens. Il repassait dans son esprit tous les événements du jour, depuis l'apparition de cette femme, qu'il croyait morte, jusqu'à sa rencontre avec ce vieil ivrogne, dont un mot pouvait l'envoyer au bagne ! N'était-ce pas un avertissement que ses succès, son impunité ne pouvaient durer, et que bientôt, demain peut-être, il serait deshonoré, perdu ?

Il sourit avec amertume en se rappelant le bel avenir que lui prédisait Mme Crutchley quelques jours auparavant. Non, pour lui, il n'y avait plus de beaux jours en perspective, et s'il voulait conserver sa fortune, pour laquelle il avait compromis jusqu'à sa vie, il fallait quitter l'Angleterre à jamais et, sous un nouveau nom, continuer à jouir de l'existence. Une fois en Amérique, il serait à l'abri de toutes les dénonciations, de toutes les poursuites ; il pourrait au moins profiter des fruits de son travail et de son habileté. Mais, pour en arriver là, il fallait attendre quelques mois, mettre ordre à ses affaires, voir comment tourneraient certaines spéculations qui pouvaient le ruiner ou doubler ses économies.

Oui, ses économies représentaient déjà une belle fortune, dont il serait libre de faire l'usage qu'il lui plairait, avec laquelle il pourrait satisfaire ses goûts et ses mauvais penchants, sans cacher ses vices et ses débauches, sous un manteau hypocrite de vertu et de respect de soi-même... Et, pendant qu'il essayait d'édifier des châteaux en Espagne, quelques scènes de sa vie passée s'obstinaient à le poursuivre.

Il se voyait, luttant avec un vieillard et le laissant sans vie pour courir au coffre-fort et dérober les diamants. Il se revoyait à Loddonford, surpris par le pauvre Danby et lui enfonçant son poignard dans le cœur, et au milieu de ces souvenirs horribles, à côté d'une femme pâle, rigide, aux regards flamboyants, lui apparaissait une gracieuse jeune fille à l'œil mutin, au sourire fascinateur.

Ces hallucinations devenaient insupportables ; il sortit de chez lui pour y échapper, parcourut les rues comme un insensé ; arrêté par la foule qui sortait des théâtres et des cafés-concerts, il croyait

voir encore le visage de Grace, non plus jeune, brillante, séduisante, mais décharnée, menaçante, mourante. Incapable de soutenir plus longtemps une
pareille apparition, Heath rentra chez lui, avala
une forte dose de narcotique et s'endormit lourdement.

CHAPITRE VIII

L'ÉPREUVE

Mlle Middleham et sa compagne causaient de choses et d'autres, pendant que le chemin de fer les emportait à toute vapeur ; Grace avait remarqué que le nom de M. Heath était antipathique à Anne, en sorte qu'elle évitait de faire mention de lui, sauf lorsqu'il se trouvait mêlé aux événements de sa vie, qu'elle racontait à son amie ; elle tenait le haut bout de la conversation et s'amusait elle-même au souvenir de ces mille incidents qu'elle narrait avec un entrain et un esprit remarquables. Anne ne répondait guère que par monosyllabes et constatait avec surprise combien quelques mois avaient transformé et développé son interlocutrice.

Ce fut à Bruxelles, où elles devaient se reposer vingt-quatre heures, que Mlle Studley résolut

d'avouer le subterfuge auquel elle avait dû recourir pour éloigner son amie de Londres.

Elle ne voulait avouer que ce qui serait indispensable pour se disculper, sans compromettre la sécurité de l'homme qui pouvait se venger si cruellement d'une simple imprudence. Elle ne se dissimulait pas la difficulté de sa position. Grace ne la comprendrait pas, puisqu'elle ne pouvait tout dire; elle serait furieuse de se voir ainsi jouée. Peut-être voudrait-elle revenir en arrière et malgré tout se jeter dans les bras de celui qu'elle aimait; mais Anne sentait la nécessité de l'éloigner à jamais de ce misérable et de la sauver à tout prix.

Elles habitaient deux chambres contiguës à l'*Hôtel de Flandre;* leurs fenêtres donnaient sur un jardin, et la tranquillité dont elles jouissaient les invitait au repos; mais, après avoir vainement cherché le sommeil, Grace, enveloppée d'un peignoir blanc, entr'ouvrit la porte d'Anne, et, la voyant assise près d'une table :

« Je ne puis absolument pas dormir, dit-elle; je suis trop agitée pour cela. Tandis que vous, au lieu de vous reposer, vous travaillez comme si vous deviez gagner votre dîner de ce soir. N'êtes-vous pas harassée par ce long trajet en chemin de fer et dans cet horrible bateau à vapeur ?

— Je raccommode seulement un accroc que j'ai fait à ma robe en descendant de cet horrible bateau à vapeur, » répondit Anne gaiement.

Puis, changeant de ton, elle ajouta :

« Je suis bien aise, chère amie, que vous ne soyez pas disposée au sommeil, car j'ai quelque chose d'important à vous communiquer.

— Encore quelque chose d'important ! s'écria Grace avec vivacité. Quand en aurons-nous donc fini et aurons-nous un peu de paix ?

— Ce que je vais vous dire exercera votre patience et votre empire sur vous-même, Grace, et mettra à l'épreuve votre affection pour moi et la confiance que vous avez toujours eue en ce que vous appelez mon bon sens et mon dévouement à tout ce qui vous touche.

— Dites vite ; je ne comprends plus les rébus, et je suis impatiente de savoir quelles nouvelles si importantes vous pouvez avoir à me communiquer.

— Je vous le dirai sans détours, Grace ; j'ai fait le mal pour qu'il en résultât du bien. Je vous ai trompée.

— Trompée ? s'écria Grace, déjà toute rouge d'indignation ; de quelle manière ?

— Je vous ai enlevée de Londres, parce qu'il y avait nécessité absolue pour vous à ce que vous partissiez ; mais j'ai mis en avant un faux prétexte pour vous décider. Votre tante, quoique très malade, ne l'est pas plus que lorsque je vous ai écrit.

— Madame Sturm n'est pas plus mal, pas mou-

rante? Tout ce que vous m'avez dit de son désir de
me voir est de votre invention? Pourquoi m'avez-
vous fait partir?

— Pour vous préserver d'un malheur irréparable,
pour empêcher votre mariage avec un homme qui
vous aurait couverte de honte et d'infamie.

— Comment! s'écria Grace avec emportement,
vous avez osé faire cela pour empêcher mon mariage? Vous avez osé vous interposer entre moi et
l'homme que j'aime?

— C'était le seul moyen de vous éloigner de lui,
et je ne pouvais pas vous donner la vraie raison
pendant que nous étions à Londres.

— Et vous pouvez croire que l'éloignement aura
quelque influence sur moi? Pouvez-vous croire que
je renoncerai plus facilement à lui à Bruxelles qu'à
Londres? Et vous figurez-vous par hasard, qu'il
sera plus disposé à renoncer à moi parce qu'on le
lui demandera par écrit plutôt que de vive voix?

— Il n'est pas question de vous faire renoncer à
lui, répondit Anne avec calme, puisque M. Heath a
lui-même exprimé ses intentions à cet égard.

— Georges a exprimé ses intentions! Où? comment? à qui?

— A vous, dans cette lettre, » poursuivit Anne en
tendant à son amie le billet du gérant.

Grace le saisit et le parcourut avidemment.

« Je ne peux pas le comprendre, dit-elle après

l'avoir lu une seconde fois. Qu'est-ce que cela veut dire ? Il me dit qu'il lui est impossible de tenir son engagement, que vous lui avez rappelé qu'il n'est pas libre, et qu'il me renvoie à vous pour d'autres explications. »

Anne baissa la tête en silence.

« Parlerez-vous au moins ? reprit Grace en élevant la voix. Me direz-vous comment vous saviez que Georges n'était pas libre de se marier avec celle qui lui plaisait ? Le connaissez-vous ? Que savez-vous sur son compte ? »

Ses lèvres tremblaient de rage, sa poitrine se soulevait haletante, ses yeux étaient pleins de larmes de dépit ; elle était là, debout devant Anne, attendant que celle-ci voulût bien s'expliquer. Mlle Studley, calme en apparence, la regardait avec angoisse ; elle sentait que leur amitié si tendre et si profonde ne résisterait pas à cette épreuve, et qu'il fallait au moins lui donner des raisons sérieuses qui pussent expliquer sa conduite. Elle se demandait jusqu'à quel point elle pourrait dire la vérité sans aller trop loin, quand Grace répéta sa question :

« Que savez-vous sur son compte ?

— Beaucoup de choses, plus même que je n'aurais jamais pu en dire, si je n'y étais pas forcée. Vous ne m'avez jamais questionnée, parce que vous étiez trop bonne et trop délicate ; mais vous avez certainement remarqué, après notre réunion à Paris, que j'ai

gardé le silence sur ce qui avait pu se passer pendant notre séparation.

— Oui, dit Grace, et je le trouvais étrange ;
mais je n'ai rien voulu vous demander, parce que
je sentais que cela vous était pénible ; mais, si
les événements d'alors ont quelque rapport avec
votre conduite d'aujourd'hui, votre devoir est de
parler.

— Oui, vous dites vrai, c'est mon devoir, et je
saurai le remplir. Vous saurez donc qu'en quittant
la pension, et pendant que j'étais chez mon père, je
me suis trouvée constamment en contact avec
M. Heath ; lui et mon père étaient de vieilles connaissances et traitaient ensemble ce qu'ils appelaient des affaires. Je vous ai déjà avoué que mon
père était un homme dépravé et pervers, et, quand
je vous aurai dit que M. Heath était son complice,
ou mieux encore son instigateur, vous pourrez vous
former une opinion personnelle sur celui...

— Gardez vos commentaires pour vous, interrompit Grace ; mon opinion ne se moulera pas sur
la vôtre, que je sache !

— De nos rapports continuels, il résulta que je
fus fiancée à M. Heath.

— Vous, ma pauvre Anne, s'écria Grace tout à
coup radoucie, vous étiez la fiancée de Georges, et
il vous a délaissée pour moi ?

— Pas tout à fait ; je ne serai pas injuste pour lui ;

avant que vous revinssiez de Bonn, notre mariage
était rompu.

— Par lui? demanda Grace.

— Oui, répondit Anne après un instant d'hésitation, par lui, par suite de circonstances qu'il est inutile d'énumérer; nous nous sommes séparés, et il
ignorait, je crois, que je fusse encore vivante, jusqu'à ce que je me sois convaincue que la seule chance
de vous sauver, était de faire valoir mes droits; de
cette manière, vous échapperez à un piège, et vous
n'épouserez pas un homme indigne de vous.

— M. Heath était donc bien épris de vous au
temps de vos fiançailles, puisque vous avez conservé
un tel empire sur lui?

— J'en ai conservé assez, du moins, pour atteindre
mon but. »

L'épreuve était terrible pour Grace Middleham;
elle restait silencieuse et écrasée; son amour, son
orgueil, sa confiance étaient atteints par la révélation qui venait de lui être faite par celle qu'elle
avait jusqu'alors considérée comme sa meilleure
amie. Lorsqu'elle avait appris qu'Anne avait été
fiancée à Heath, la colère qui l'avait envahie au premier instant avait fait promptement place à une
pitié profonde pour celle qu'elle avait supplantée;
mais quand elle comprit, par toutes les expressions
qu'employait Anne et même par les inflexions de sa
voix, combien Georges Heath lui était odieux, Grace

se crut elle-même trahie, et elle accusa Anne de
l'avoir privée du seul amour qu'elle eût jamais
connu, en éloignant d'elle l'homme qu'elle aimait si
passionnément. Oh! c'était affreux! c'était plus que
cruel! A quoi lui servait donc sa fortune, qu'on lui
avait appris à estimer par-dessus toutes choses, si
elle ne pouvait pas même lui épargner la honte d'un
s   lâche abandon? A quoi lui servait son cœur
aimant, si en retour de tout son dévouement, de
toute sa tendresse pour Anne, elle ne recueillait
qu'ingratitude et dédain ? Mlle Studley assistait
muette et désolée à cette lutte intime qui se reflé-
tait sur les traits mobiles de Grace ; mais elle ne se
sentait plus le droit de la consoler, de la soutenir ;
elle brisait ce cœur si tendre et ne pouvait lui dire
pourquoi elle le brisait. Oh ! comme elle aurait
donné volontiers jusqu'à sa vie pour alléger les
tortures de Grace !

« L'excuse que vous invoquez pour expliquer
votre étrange conduite dans cettte affaire, reprit
enfin Mlle Middleham après un long silence, est
votre affection sans bornes pour moi, qui vous a
poussée à vous opposer à un mariage que vous
regardiez comme indigne de moi? Est-ce ainsi? »

Anne fit un signe de tête affirmatif.

« Voudriez-vous alors avoir la bonté de m'expliquer en quoi M. Heath est indigne de moi? Vous
avez jusqu'ici porté contre lui des accusations

vagues et indirectes ; l'honneur exige que vous me fassiez connaître vos griefs. »

Anne vit dans quelle impasse elle se trouvait. Elle ne pouvait pas porter d'accusation sérieuse contre M. Heath sans entrer dans les détails de ses crimes, et elle ne devait pas le faire, car elle compromettait ainsi trop de personnes, trop d'intérêts divers. Elle ne savait pas si son père était mort ou vivant, et elle ne pouvait se résoudre à dévoiler les scènes horribles auxquelles elle avait assisté.

Mlle Middleham s'aperçut de son hésitation.

« Vous ne savez que me répondre, dit-elle ; ceux qui portent des accusations superficielles sont en général incapables d'en formuler de bien positives.

— Je vous ai dit assez souvent autrefois, Grace, que je vous aimais plus que moi-même. Cet homme a rompu les engagements qu'il avait volontairement contractés envers moi ; il ne se ferait aucun scrupule d'agir de même vis-à-vis de vous. L'humiliation qui m'a été infligée importe peu, on ne me connaît pas, et personne ne s'intéresse à moi ; mais pour vous ce serait différent, et j'ai voulu à tout prix vous épargner une pareille souffrance. »

Nous avons déjà dit que Grace s'était beaucoup développée depuis qu'elle était revenue en Angleterre ; en écoutant les raisons qu'Anne lui donnait et qu'elle cherchait en hésitant, elle d'ordinaire si droite et si franche, Grace comprit que c'étaient des faux fuyants. Désireuse encore de trouver des excuses pour absoudre celui qu'elle aimait, elle attribuait tout le mal qu'il pouvait avoir commis à son intimité avec le capitaine. Anne ne pouvait pas formuler ses accusations contre Heath sans compromettre son père, et elle ne voulait pas dévoiler des turpitudes dont elle était honteuse; Grace, par un reste d'affection, gardait le silence, ne voulant pas avouer combien elle méprisait le vieillard qui avait entraîné son bien-aimé dans la mauvaise voie. Elle ne pouvait pas songer non plus à demander directement à M. Heath une explication de sa conduite; il disait trop clairement dans sa lettre qu'il n'était pas libre de l'épouser; son orgueil et le respect qu'elle se devait à elle-même lui défendaient de faire cette démarche.

La pauvre enfant n'avait personne à qui demander un conseil; les vieux amis de son oncle, MM. Bence et Palmer, avaient été trop contents de secouer le fardeau qui pesait sur leurs épaules; égoïstes tous deux, ils ne voudraient pas assumer la responsabilité de lui donner un avis dans une matière aussi délicate; MM. Hillmann et Hicks, qui n'avaient eu avec M. Heath que des rapports d'affaires, avaient pour lui une grande admiration; jamais ils ne le croiraient capable d'une action déloyale.

Que fallait-il donc faire? Il ne pouvait être question de retourner à Londres; presque toutes les relations de Grace étaient des parents ou des amis de Mme Crutchley, et la jeune fille sentait instinctivement que c'était Mme Crutchley qui avait amené ses fiançailles, par ses éloges discrets et délicats de Heath et la manière dont elle avait sans cesse chanté ses louanges. Non, il ne lui restait d'autre ressource que la maison de son oncle; elle allait se condamner à entendre du matin au soir les lamentations de Mme Sturm, et pour toute distraction elle aurait les improvisations mélodieuses du professeur. Un grand nombre de jeunes filles, dans une position bien moins brillante que la sienne, voyaient s'ouvrir devant elles, avec leurs vingt ans, un avenir charmant et plein d'attraits; elles pouvaient choisir un mari selon leur cœur et ne pas se dire qu'elles étaient prises pour leur argent. Il faudrait vivre sous le même toit qu'Anne : ce serait encore une souffrance, car leurs rapports ne pourraient plus être les mêmes, et pourtant elle se disait tout bas que le mystère qui se rattachait à M. Heath devait être bien terrible pour que son amie se fût décidée à se placer entre eux. Mais son orgueil l'empêchait de dire tout cela à Mlle Studley. Elle se retira dans sa chambre pour y pleurer en liberté, tandis qu'Anne, qui aurait tant voulu la consoler, n'osait la suivre et écoutait ses sanglots, qui lui fendaient le cœur.

Le lendemain, les deux jeunes dames continuè-
rent leur voyage du côté de Bonn ; et, quoiqu'elles
ne se communiquassent pas leurs réflexions, toutes
deux faisaient un rapprochement entre leur trajet
actuel et celui qu'elles avaient fait ensemble quelques mois auparavant. Alors tout souriait à Grace,
et maintenant l'avenir lui semblait sombre et dé-
coloré ; Anne elle-même, quand elle avait une première fois parcouru cette route, sentait son cœur
s'ouvrir à l'espérance, après les terribles émotions
qu'elle avait traversées, tandis que dans ce moment
elle avait conscience d'avoir perdu l'affection et
surtout la confiance de son amie.

Quelle différence entre leur première arrivée à
Bonn et la seconde ! Personne pour les attendre
à la gare et leur souhaiter la bienvenue. Plus
d'Eckhardt ou de Fischer pour les mettre en voiture ! Les habitants de l'allée des Peupliers étaient
à peu près dans le même état que lorsqu'elles les
avaient quittés. Le professeur les reçut avec une
parfaite cordialité, car il avait appris à aimer « Vallère », comme il s'obstinait à appeler Anne, et il
était ravi de parler des merveilles de Londres avec
Grace. Mme Sturm, plus faible et plus languissante
que jamais, parut heureuse de voir sa nièce. Fort
heureusement pour celle-ci, son projet de mariage
n'avait pas été connu ; sans quoi, avec les meilleures
intentions du monde, on lui aurait constamment

retourné le poignard dans le cœur. On fit la remarque seulement que l'air de Londres ne conve-
nait pas à la jeune fille, car elle y avait laissé ses
jolies couleurs.

« Quant à vous, Waller, dit la vieille dame, je
déclare que vous êtes pour moi un vrai rayon de
soleil; désormais je serai soignée comme il faut.
Je ne puis vous dire ce que j'ai souffert entre les
mains de ces créatures maladroites; personne ne
savait l'heure de mes poudres ou de mes potions,
et, quant à mes frictions, pas une seule n'a pu être
convenablement faite. »

Il est douteux que Mme Sturm eût été si joyeuse
si elle avait connu la décision qu'Anne ruminait
dans son esprit et qu'elle était résolue à mettre
bientôt à exécution.

CHAPITRE IX

SEULE AU MONDE

L'existence monotone qu'on menait dans l'allée des Peupliers avait repris son cours. Quelles que fussent les préoccupations individuelles, la surface restait calme et paisible. Mme Sturm seule laissait voir une joie d'enfant du retour de sa fidèle et patiente garde-malade, et Anne, en se sentant si utile, ne pouvait annoncer la résolution qu'elle avait prise de quitter Bonn pour toujours. Autant son premier séjour dans cette ville avait endormi son agitation et ses souffrances morales, autant cette fois-ci elle se sentait malheureuse. Depuis la fameuse scène de Bruxelles, que nous avons racontée, Grace n'était plus la même pour elle. Sans doute elle ne laissait plus voir son dépit et son désappointement, comme elle l'avait fait au premier moment.

mais elle s'enveloppait dans une froideur glaciale,
n'adressait la parole à Mlle Studley que lorsqu'elle
y était forcée, et évitait par-dessus toutes choses de
se trouver seule avec elle. Leur douce intimité,
leurs tendres confidences, tout avait disparu, et
Anne, ne se sentant plus utile à son amie, ne voulait pas abuser de sa générosité et rester à sa charge.
Elle se voyait incomprise, mal jugée, et cette ingratitude de celle qu'elle aimait tant lui était insupportable; elle soupirait après un vrai repos, loin de
tous les souvenirs de sa jeunesse, au milieu de gens
et de choses qui lui fussent inconnus. Avant de se séparer pour toujours de Grace, elle voulait avoir un
dernier entretien avec elle; puis elle lui dirait adieu.

Mlle Middleham n'était pas plus heureuse. La
crainte de se trouver en contact avec Anne lui faisait fuir la chambre de sa tante, et le professeur
n'était au logis que pour le dîner, absorbé qu'il
était toute la journée par ses cours. La jeune fille
passait son temps solitaire dans sa chambre, et la
plupart du temps oisive. Cette solitude avait son
bon côté, car elle lui donnait plus de loisirs pour réfléchir, et, si ces réflexions n'étaient pas favorables
à Anne, du moins Grace commençait à voir les événements sous un point de vue plus juste. Quand elle
eut passé quelque temps loin de Londres, elle se
demanda si le penchant qu'elle avait éprouvé pour
Georges Heath était vraiment de l'amour, ou bien

si ce n'était pas plutôt un sentiment de reconnaissance envers celui qui avait semblé l'apprécier pour
elle-même et non pour son argent. Il avait admi-
rablement géré sa fortune : n'y avait-il pas trouvé
son compte et une belle position par-dessus le
marché? Il avait été très-bon, très-aimable pour
elle à son arrivée à Londres, et c'est à lui qu'elle
était redevable de son installation agréable, de ses
relations avec un monde qui l'avait encensée et
admirée; mais, en fin de compte, elle connaissait
fort peu M. Heath, beaucoup moins même que la
plupart des personnes qui fréquentaient sa maison.
Ne serait-il pas possible qu'on se fût joué d'elle?
Mme Crutchley et M. Heath ne s'entendaient-ils pas
pour l'exploiter? Et ce brusque départ ne l'avait-il
pas sauvée d'un mariage malheureux? Elle ne pouvait encore pardonner à Anne le rôle qu'elle avait
joué dans cette occasion; mais peu à peu elle en
arrivait à croire que son amie, autrefois fiancée
à M. Heath, au courant d'un mystère dans lequel
cet odieux Studley était impliqué, était condamnée
à garder le silence. Or elle conservait assez d'estime
pour Anne pour être sûre qu'il [fallait des raisons
majeures pour la faire agir ainsi.

« Enfin, se disait-elle, si Georges Heath a eu tort
d'écrire cette lettre extraordinaire, Anne Studley a
eu tort aussi de la lui faire écrire et de me la remettre. »

Malgré tous ces raisonnements contradictoires, elle écrivit à Mme Crutchley qu'elle ne rentrerait pas à Londres de longtemps et qu'elle n'aurait plus besoin de ses services. Elle ne dit pas un mot de M. Heath; elle aurait craint de se compromettre. L'annonce de son absence prolongée mettrait Mme Crutchley au courant de la rupture, si tant est, du moins, que son protégé ne se fût acquitté de ce soin.

Anne cherchait une occasion de s'expliquer avec Grace, car sa position lui devenait intolérable. Un matin, après avoir installé Mme Sturm sur son canapé, devant son ouvrage et une pile de journaux, Mlle Studley frappa à la porte de son amie ; celle-ci rougit en la voyant et, pour cacher son malaise, lui fit une remarque banale à laquelle Anne répondit; puis elle ajouta :

« Je suis venue vous demander de m'accorder quelques minutes d'entretien; je ne vous retiendrai pas longtemps; mais ce que j'ai à vous dire ne souffre pas de délai.

— Mon temps n'est pas si précieux que vous ayez à vous excuser; je devrais, au contraire, être reconnaissante envers vous, qui venez me faire passer quelques instants de cette interminable journée.

— Vous sentez la réaction après l'agitation de Londres, et votre existence ici vous paraît double-

ment déplaisante ; je m'aperçois avec peine que plus
vous allez, plus vous semblez vous ennuyer. Je ne
vois pas ce qui vous retient ici ; vous êtes maîtresse
de vos actions, vous avez les moyens de satisfaire
toutes vos fantaisies, et, quant à ce qui me concerne, je vous débarrasserai bientôt de l'entrave que
je vous ai imposée jusqu'ici.

— Je ne sache pas, répondit Grace étonnée, vous
avoir donné quelque raison de parler ainsi.

— Vous pouvez ne pas le savoir et néanmoins la
chose peut exister ; mais je ne suis pas venue pour
discuter ; je veux tout simplement vous annoncer
que je ne puis plus occuper la position dans laquelle je me trouve dans cette maison.

— Vous parlez, je pense, des soins que vous donnez à Mme Sturm ? Vous devez vous souvenir que
c'est de vous-même que vous avez entrepris cette
tâche, sans que je vous l'aie jamais demandé. Si
vous en êtes fatiguée, vous n'avez qu'à le dire.

— Non, ils ne me sont pas à charge, et je les
aurais continués dans d'autres circonstances, et avec
grand plaisir. Mais c'est actuellement tout à fait impossible. Je suis venue ici comme votre amie, choi-
sie et soutenue par vous, dans un moment où j'avais
absolument besoin de protection. Je vous en serai
éternellement reconnaissante ; mais, comme je vous
le disais tout à l'heure, les circonstances ont changé
et nos relations aussi.

— Et pourriez-vous me dire *en quoi* elles ont
changé ?

— Rien n'est plus facile. Vous devez sentir aussi
bien que moi que le lien qui nous unissait si intime-
ment est rompu, et je ne puis dès lors accepter le
sacrifice que vous faites pour moi. Lorsque vous
me l'aviez offert dans la plénitude de votre affection
je l'avais trouvé doux et naturel ; mais j'ai mon
orgueil aussi et je me considérerais comme indigne
de l'amitié que vous m'avez témoignée autrefois, si
je continuais à vivre dans cette maison dans les
mêmes conditions.

— Et n'avez-vous jamais pensé, Anne, que vous
pouviez garder vos fonctions dans cet intérieur
sans vous sentir à charge à personne ? Ne voyez-
vous pas que vous êtes indispensable à Mme Sturm
et que, en vous consacrant à elle vous me rendez
au double ce que je puis faire pécuniairement pour
vous ?

— J'aurais pu me sentir encore heureuse dans
l'accomplissement de cette tâche, si je n'avais le
souvenir vivant de nos anciens rapports ; il faut
donc que je cherche un nouvel asile et une vie plus
active. »

Grace garda un moment le silence, puis elle dit
d'une voix un peu émue :

« Vous avez mûrement réfléchi ? Vous êtes sûre
que vous agissez pour le mieux ?

— J'y pense nuit et jour depuis des semaines ; j'ai considéré ma résolution sous toutes ses faces, et je suis arrivée à la conviction que j'ai raison. »

Il y eut un autre silence ; ce fut encore Grace qui le rompit :

« Quelles sont alors vos intentions? Où comptez-vous aller?

— Je crois qu'un changement momentané n'atteindrait pas mon but ; pour oublier le passé et retrouver la paix de l'âme il faut que mon existence soit entièrement modifiée. Je songe donc à émigrer. J'ai fait connaissance de M. Schapwinkel, le grand fermier de Derendorf, qui va partir pour l'ouest de l'Amérique du Nord. Il quitte l'Allemagne la semaine prochaine, et consent à m'emmener avec lui.

— Vous iriez en Amérique? s'écria Grace, et avec une famille de fermiers? Avec vos goûts, votre éducation, vous associer à de semblables gens ! Au nom du Ciel, à quel titre les suivez-vous ?

— Je ferai tout ce que je pourrai pour me rendre utile, répondit Anne.

— Connaissez-vous bien la nature rapace de cette classe de gens? s'écria Grace. Savez-vous bien qu'ils profiteront de ce que vous serez seule, faible, sans protection, pour faire de vous leur servante?

— Je n'ai pas si mauvaise opinion d'eux, reprit Anne doucement ; et, lors même qu'il en serait ainsi, je crois que j'accepterais leurs offres. Il n'y a rien comme une vie dure et un travail incessant pour effacer des souvenirs douloureux.

— Mais n'avez-vous rien spécifié ? N'avez-vous passé aucun contrat avec eux ?

— Oh ! pardon ! je dois enseigner l'anglais aux enfants pendant la traversée et servir d'interprète lorsque nous débarquerons. Ce sont des gens peu cultivés, mais bons et honnêtes, qui m'ont témoigné une grande confiance.

— Et il paraît que vous la leur rendez. Non, Anne, la pensée de vous voir partir pour ce pays-là, avec ces gens-là, est inadmissible, et, quoique je n'aie aucun droit de me mêler de vos affaires ou de m'opposer à ce qui vous convient, il me semble qu'on doit vous empêcher de faire une chose dont vous ne tarderez pas à vous repentir. A propos, continua Grace en changeant de ton, où ces Schapwinkel doivent-ils s'embarquer, à Liverpool ?

— Non, nous partirons de Brême.

— Et vous ne vous arrêtez pas en Angleterre ?

— Je crois qu'on fait escale à Southampton ; mais il va sans dire que je ne descendrai pas à terre. »

La résolution de Mlle Studley avait grandement surpris et peut-être même scandalisé Grace ; mais, quand celle-ci y réfléchit de sang-froid, elle reconnut que c'était le seul bon parti à prendre. Depuis leur retour d'Angleterre, la froideur qui s'était

glissée dans leurs rapports, et qui augmentait de
jour en jour, lui était si pénible, qu'elle avait eu la
pensée de partir avec une femme de chambre pour
faire un long voyage, laissant Anne pour soigner
Mme Sturm et tenir compagnie au professeur. De
cette manière, sans priver sa tante d'une garde attentive, elle pourrait cependant se séparer de son
ancienne amie et secouer la tristesse qui l'oppres-
sait. Une absence de quelques mois adoucirait beaucoup d'impressions pénibles, tandis que, si Mlle Studley partait pour l'Amérique, la séparation serait
peut-être éternelle. Grace se représentait ces vastes
plaines désertes dans l'ouest de l'Amérique, peuplées
seulement de buffles, de trappeurs, d'Indiens. Une
émigration dans ces contrées était un exil définitif,
et Anne n'était pas assez forte pour supporter les
fatigues et les privations.

Voilà ce que Mlle Middleham pensait dans ses
bons moments ; mais elle ne pouvait ni oublier ni
pardonner le mensonge au moyen duquel Anne
l'avait enlevée de Londres, et sa confiance en son
amie était détruite ; si elle l'avait trompée une fois,
soi-disant pour son bien, ne la tromperait-elle pas
une autre fois?

Si au premier abord l'assurance que Anne lui
avait donnée qu'elle ne descendrait pas à terre à
Southampton avait satisfait Mlle Middleham, la
réflexion réveilla la jalousie dans son cœur. Elle

n'aimait plus M. Heath, en admettant qu'elle eût
pu prendre pour de l'amour son amour-propre
flatté ; mais l'idée seule qu'Anne pourrait le voir, le
rejoindre la mettait en rage. Elle se disait qu'Anne
lui avait fait un tissu de mensonges, qu'elle ne
comptait nullement partir pour l'Amérique, ou que
si, par hasard, ce projet était réel, Heath la rejoin-
drait à Southampton, et qu'ils partiraient ensemble.
Obsédée par cette pensée, Grace résolut de savoir
si elle était fondée. En conséquence, un matin, elle
se rendit dans le petit salon de sa tante, où elle
était sûre de rencontrer Anne ; le professeur rendait compte à sa femme d'une soirée musicale à
laquelle il avait assisté la veille et, au grand scan-
dale de Mme Sturm, ne pouvait pas seulement lui
décrire une seule toilette. Après une pause dans la
conversation, Grace demanda à Anne si elle avait
reçu des lettres d'Angleterre. Mlle Studley répondit
qu'elle n'avait aucun correspondant dans ce pays,
que dès lors aucune nouvelle ne lui parvenait, et
que rien ne l'y intéressait.

« Je n'en suis pas aussi sûre que vous, reprit
Grace un peu sèchement. Si mes informations sont
justes, et tout me porte à croire qu'elles le sont,
on m'annonce de grands changements dans la maison de banque de Middleham et Cie.

— Je ne vois pas que vous ayez besoin qu'on
vous fournisse des renseignements sur un pareil

sujet, fit observer Anne, car vous devez être consultée avant tout le monde, et aucune modification
ne peut se faire sans votre consentement.

— On ne fait que m'indiquer une chose qui me
sera officiellement proposée plus tard, je suppose;
je suis censée n'en rien savoir.

— J'espère que rien ne va de travers, ma chère,
demanda Mme Sturm, et que vous n'êtes pas menacée de désastres pécuniaires ?

— Oh! non, tante, je ne le crois pas ! On me pré-
vient seulement que M. Heath, le gérant de la banque, auquel est dû l'immense développement qu'elle
a pris, et qui est, je crois, un grand ami de... de
Mme Waller, est sur le point de donner sa démission pour se retirer à la campagne et s'occuper
d'agriculture.

— Les résolutions que peut prendre M. Heath
me sont tout à fait indifférentes, dit Anne froide-
ment.

— Même s'il se décidait à émigrer en Amérique,
comme on me le dit? demanda Grace.

— Même s'il émigrait en Amérique, répéta Anne
doucement, mais les joues en feu, car elle avait
compris dans quel esprit Grace lui avait posé cette
question.

— Ce M. Heath doit avoir fait sa fortune, je suppose, suggéra Mme Sturm, qui interrompit fort à
propos la conversation.

— Je n'en sais rien, mais je le suppose, riposta
Grace, ne sachant si elle devait interpréter la rou-
geur de· Mlle Studley comme une preuve de son in-
nocence ou de sa culpabilité.

— Comment pouvez-vous en douter, ma chère ?
poursuivit Mme Sturm. Pendant qu'il vous amassait
des millions, croyez-vous qu'il s'oubliait lui-même ?
C'est tout naturel. Ce qui me surprend bien plus,
c'est qu'un homme qui peut vivre largement en
Angleterre puisse songer à partir pour l'Amérique !

— Je crois, chère madame Sturm, reprit Anne
en prenant une chaise à côté de la malade, que le
moment est venu de vous faire part de quelque
chose qui me pèse sur le cœur et qu'il faut que je
me décide tôt ou tard à vous communiquer. Lundi
prochain, je vous dirai adieu ; je vous quitte.

— Vous partez, Waller ? s'écria Mme Sturm. Mais,
Dieu me bénisse ! vous ne faites que d'arriver ! Où
voulez-vous donc encore aller ?

— Dans le pays dont vous venez de parler, en
Amérique !

— En Amérique ? Mais c'est bien loin... vous ne
pourriez guère aller plus loin.

— Et peut-être ajoutez-vous dans votre cœur :
« ou faire un plus mauvais choix », répondit Anne
avec un sourire.

— Non, je ne me permets pas de juger ; si vous avez
de l'argent, comme ce banquier dont nous parlions,

et qui aura eu soin de bien capitonner son nid, vous
feriez bien mieux de vous arrêter en Angleterre.
Toutefois, d'après tout ce que j'ai lu, l'Amérique
est le meilleur pays pour une jeune personne pauvre
qui cherche un mari ; ceci n'est pas une accusation
personnelle, Waller. Je crois, bien que vous ne
m'ayez jamais fait vos confidences, que votre premier essai n'a pas été assez heureux pour vous
engager à recommencer ; mais, dans le nouveau
monde, on fait plus vite fortune, et les hommes
épousent les femmes pour leur valeur personnelle
et non pour les beaux yeux de leur cassette.

— Je n'ai pas beaucoup réfléchi sur ce sujet, madame ; mais j'ai besoin d'une vie plus active, et je
crois pouvoir la trouver là-bas.

— Comme vous voudrez ; vous savez mieux que
nous ce qui vous convient ; mais une chose est bien
certaine : je vous regretterai infiniment, parce que
vous étiez un vrai trésor pour une malade, et je ne
sais pas comment je pourrai me passer de vous.
Que dites-vous, Grace, de ce départ?... Oh! je
n'avais pas vu que ma nièce était sortie de la chambre. Professeur, avez-vous entendu ? Waller veut
nous quitter lundi prochain ; elle part pour l'Amérique. Que pensez-vous de l'Amérique, mon ami? »

L'opinion du professeur sur l'Amérique n'était
pas des plus flatteuses ; au point de vue des sciences,
il regardait ce pays comme fort en arrière de tous

les autres, et par conséquent l'honorait de son mépris. Mais, au point de vue de « Vallère », comme il disait, il exprima tous ses regrets, qui partaient du cœur, de la voir quitter leur paisible intérieur.

Mlle Studley avait indiqué le lundi comme jour de son départ; à mesure que le moment approchait, Grace se sentait de plus en plus malheureuse; elle ne pouvait surmonter sa rancune, ni avouer qu'elle avait tort, et pourtant l'idée de se séparer pour toujours de celle qu'elle avait tant aimée lui brisait le cœur. Le souvenir de leur jeunesse, de leur si douce et si complète intimité lui revenait sans cesse et adoucissait peu à peu les impressions pénibles. Enfin, après une nuit sans sommeil, Grace se leva le lundi matin, bien décidée à aller près de son amie la supplier de renoncer à son projet, lui demander de reprendre leurs relations d'autrefois; elle venait de passer une robe de chambre pour courir auprès d'Anne, lorsqu'au moment où elle ouvrit sa porte un papier tomba à ses pieds; elle le ramassa : c'était un billet de l'écriture d'Anne, et ainsi conçu :

« Quand vous lirez ces lignes, je serai déjà bien loin de vous; je ne me suis pas senti le courage de vous dire adieu, et ce papier vous apportera mes vœux et l'expression de ma gratitude. Je ne veux pas vous tromper; l'histoire de mon émigration n'est pas vraie, mais c'était le meilleur moyen de satisfaire la curiosité affectueuse de Mme Sturm.

« Vous n'entendrez plus jamais parler de moi ; mais j'emporte, quoi que vous puissiez en penser, l'assurance que j'ai agi comme ma profonde reconnaissance pouvait seule me faire agir envers vous, ma seule amie dans le passé, envers vous qui m'avez consolée dans la détresse, et qui avez procuré un moment de paix à celle qui désormais sera seule au monde.

« A... »

CHAPITRE X

UN ACCIDENT

Plus d'une année s'est écoulée depuis que Grace Middleham a reçu la lettre d'adieu de son amie, lettre qui a causé un si grand chagrin à celle qui l'a reçue et qui a coûté tant de larmes à celle qui l'a écrite ; une année pendant laquelle les acteurs de notre histoire ont traversé des événements plus ou moins importants. Après le départ de Mlle Studley, la bonne vieille Mme Sturm s'était considérablement affaiblie et était enfin entrée dans son repos, laissant un grand vide dans le cercle de ses amis. Le digne professeur avait sincèrement regretté sa femme ; il oubliait son humeur difficile et tracassière des dernières années, pour ne se souvenir que des premiers temps de leur union ; alors on avait voulu la détourner de ce mariage, mais elle avait été fidèle

à la parole donnée et avait joyeusement suivi un
étranger dont elle était fière et qui n'avait que son
travail pour toute ressource. Ce coup, quelque
prévu qu'il pût être, avait brisé la vie du vieillard ; il n'avait plus d'entrain pour préparer ses
leçons, et même la société de ses collègues lui était
à charge et ne pouvait peupler son foyer désolé.
Si sa nièce fût restée auprès de lui, il aurait pu se
refaire de nouvelles habitudes, car elle avait su
s'emparer de son cœur, et il n'avait plus qu'elle à
aimer ici-bas. Mais la monotonie de cette vie routi-
nière, à peine tolérable quand Mme Sturm vivait,
devint insupportable à Grace quand elle se trouva
seule vis-à-vis de son oncle ; le projet qu'elle médi-
tait depuis longtemps, et dont elle avait renvoyé
l'exécution à cause de la maladie de sa tante, mûrit
tout d'un coup dans son esprit, et elle résolut de le
suivre. Elle voulait retourner vivre en Angleterre,
non plus comme elle l'avait fait précédemment ;
mais elle comptait se créer un intérieur selon ses
goûts. Avant de quitter son oncle, elle lui fit pro-
mettre que, si jamais il sentait le besoin de se rapprocher d'elle, il viendrait partager son *home*. A
ce moment-là, le pauvre homme avait refusé ; il lui
semblait impossible de quitter Bonn, de renoncer à
des habitudes de soixante ans, et il croyait de bonne
foi qu'il ne pourrait se passer de sa visite quoti-
dienne au petit cimetière où reposait sa femme ;

mais, au bout de quelques mois, il reconnut l'insuffisance de ses habitudes pour remplir sa vie, et surtout il constata combien Grace était devenue indispensable à son bonheur. Il consentit à vendre ses
meubles ; il congédia Lisette, et, transportant avec
lui ses livres et son cher piano, il vint rejoindre
Mlle Middleham.

Les premières expériences de Grace lui avaient
ôté beaucoup d'illusions sur les gens et les choses ;
son amour du grand monde, où pourtant elle avait
eu tous les succès que son amour-propre pût dési-
rer, était éteint ; elle ne voulait pas se séquestrer de
toute société, mais elle ne chercherait pas à renouer
connaissance avec le cercle de Mme Crutchley, bien
au contraire. Elle acheta une jolie et spacieuse villa
entre Kensington et Bayswater, assez près du centre
de Londres pour pouvoir y venir en une demi-
heure, et pourtant dans un quartier assez aéré pour
qu'elle pût y respirer à l'aise et faire de longues
promenades. Elle ne voulait plus donner de bals,
de fêtes, ni fréquenter ceux auxquels on ne manquerait pas de l'inviter ; mais elle voulait recevoir
chez elle et rassembler autour de son oncle des
gens aimables, instruits, des savants, des artistes,
des littérateurs. Elle avait une grande fortune et
trouvait, avec juste raison, qu'étant parfaitement
indépendante elle pouvait en faire l'usage qui lui
plairait. Mais, si elle savait occuper son temps d'une

manière utile et agréable, elle n'oubliait pas son ancienne amitié pour Mlle Studley. Elle songeait à l'intimité dont elles avaient joui, à la manière mystérieuse dont Anne était venue rompre son mariage, au refroidissement qui s'en était suivi, enfin à la manière inexplicable dont Anne avait disparu. Elle se demandait ce qu'était devenue cette étrange fille, qui avait renoncé à tout pour la sauver de ce qu'elle appelait un irréparable malheur. Grace n'avait pas cru un instant à son départ pour l'Amérique ; du reste, Anne elle-même le lui avait dit dans son billet ; mais les derniers mots de cette lettre résonnaient comme un glas funèbre aux oreilles de Mlle Middleham : « Seule au monde », et elle voyait Anne sans secours, sans protection, sans amitié, luttant sans relâche pour gagner son pain quotidien.

Sans mettre personne dans ses confidences, Grace fit faire toutes sortes de recherches pour retrouver les traces de son amie ; elle mit même la police secrète en campagne, mais sans succès. Elle inséra un avis dans le *Times* et comme autrefois sonna le *Tocsin*, suppliant A. S. de donner de ses nouvelles à son amie.

Quand elle vit que toutes ses démarches étaient inutiles, elle se dit que certainement Anne ne les avait pas connues, car elle n'aurait pas hésité à y répondre, à moins toutefois qu'elle ne lui eût pas

pardonné d'avoir méconnu son dévouement, ou que
son orgueil lui défendît d'accepter de nouveau une
position dépendante ; mais ces dernières supposi-
tions lui paraissaient peu probables, car Anne avait
trop de noblesse de caractère et trop d'abnégation
pour lui garder rancune ou pour se trouver humi-
liée de reprendre sa place dans le cercle de famille
de Mlle Middleham. Il fallait donc que Mlle Studley
fût trop éloignée pour recevoir les journaux, ou
qu'elle ne fût plus de ce monde.

Une après-midi d'été, Grace voulut faire un pèle-
rinage à Hampstead et revoir les lieux où elle avait
passé tant d'années de sa vie. Elle avait ce jour-là
pensé à Anne plus qu'à l'ordinaire, et il lui semblait qu'elle allait se rapprocher d'elle en évoquant
les souvenirs de leur intimité de pensionnaires. La
villa Chapone n'existait plus ; à la place s'élevait
une université féminine, où de savants professeurs
conféraient des diplômes aux élèves les plus distinguées. Les demoiselles Griggs s'étaient retirées à la
campagne et y vivaient de leurs économies et d'une
pension viagère que leur faisaient leurs anciennes
élèves ; mais, si la maison même avait été démolie
et rebâtie sur une plus vaste échelle, les jardins
étaient restés dans le même état, et Grace retrouva
aisément le petit tertre sur lequel elles étaient
assises ensemble quand M. Heath vint lui annoncer
le meurtre e son oncle. Que d'événements depuis

lors ! Le souvenir de ce temps-là lui paraissait lus un rêve qu'une réalité, et elle était encore enfoncée dans ses méditations, pendant que sa voiture la ramenait à l'Hermitage (nom de sa villa), quand les chevaux s'arrêtèrent brusquement. La secousse ramena Grace du royaume des songes dans la réalité de la vie.

« Qu'est-il arrivé ? demanda-t-elle au valet de chambre, qui était descendu du siège.

— Oh ! rien, mademoiselle, au moins pas grand'-chose, je crois ; un accident seulement. Une personne a voulu traverser la rue presque sous les pieds des chevaux, et elle a été renversée. Ce n'est pas la faute de Thomas, mademoiselle : je vous assure.

— Laissez-moi descendre, je veux voir par moi-même. »

Un vieillard était soutenu par deux personnes qui l'avaient retiré de dessous les chevaux. Il était pauvrement vêtu ; son visage était pâle, ses yeux fermés ; il était évanoui et de son front coulait un flot de sang.

« A-t-il beaucoup de mal ? demanda Grace en se penchant sur lui.

— Je ne puis pas vous le dire, madame, répondit l'homme qui le tenait dans ses bras ; il n'a rien de cassé, je crois ; mais il a reçu une fameuse blessure à la tête.

— Il est venu se jeter devant les chevaux, mademoiselle, dit le cocher en levant son chapeau, au
moment où j'allais tourner près de la grille ; j'ai crié,
mais il n'a pas paru m'entendre ; il marchait en chancelant, comme un homme ivre, et c'est un miracle
que la voiture ne lui ait pas passé sur le corps.

— Qu'on le transporte tout de suite à la maison ;
mettez-le dans mon boudoir, sur le canapé.

— Ne vaudrait-il pas mieux, mademoiselle, dit
le maître d'hôtel, qui s'était joint au groupe, que
nous apportions le sofa dans le vestibule ? Le blessé
saigne beaucoup et pourrait abîmer tous les meubles.

— Laissez-nous plutôt le porter à l'hospice, proposa un ouvrier qui sortit de la foule et qui flairait
un bon pourboire ; nous avons un brancard ici tout
près, ou, si vous préférez, nous l'accompagnerons en
fiacre.

— Ce malheureux n'est pas en état d'être trans-
porté, dit Grace ; qu'on le dépose chez moi. »

Les domestiques apportèrent un matelas, sur
lequel ils étendirent le vieillard, puis, le prenant
par les quatre coins, on put le transporter sans
souffrance jusque dans le vestibule. Le blessé ne
reprenait pas connaissance ; il avait ouvert les yeux
une ou deux fois, lorsqu'un nouvel évanouissement
vint augmenter l'alarme générale.

« Permettez-moi de vous conseiller, mademoi-

selle, de faire porter ce pauvre homme à l'hôpital,
dit le domestique ; sept heures vont sonner; vos
convives vont arriver, et vous ne pouvez le laisser
ainsi à la vue de tous.

— Je crois impossible de le remuer, Jennings,
dit Grace sèchement ; laissez-le où il est.

— Alors, mademoiselle, ne vaudrait-il pas mieux
faire appeler de suite le docteur Pettigren, qui demeure ici à côté ?

— Cela n'est pas nécessaire ; M. Burton dîne ici,
et, comme il est très exact, il sera là à l'instant.
Prenez ce matelas avec James, et transportez-le
dans mon boudoir, comme je vous l'ai déjà dit. Il
y aura moins de bruit et de mouvement. »

Ce changement était à peine opéré qu'un coupé
s'arrêta à la porte, et M. Burton en descendit. C'était
un grand et beau jeune homme, avec des cheveux
châtains, des favoris blonds et des yeux bleus. L'expression de son visage était honnête, ouverte et
intelligente ; la forme de sa bouche indiquait une
grande fermeté. Il lui avait fallu, en effet, une
grande dose d'énergie et un zèle infatigable pour
arriver à la position qu'il occupait dans le monde
médical de Londres. Fils unique d'une mère veuve,
ses goûts l'auraient poussé vers le barreau ou la
littérature; mais son père, médecin de campagne,
lui avait exprimé le désir, avant de mourir, qu'il
suivît la même carrière que lui. Ce désir fut un

ordre, et il commença ses études avec une certaine répugnance, que son amour filial seul lui fit surmonter. Bientôt il s'intéressa à ce qu'il apprenait, et au bout de peu d'années il arrivait, à force de travail et de persévérance, à se faire un nom dans la science. Il avait trente ans à peine. Passionné pour la physiologie, il fit, chez un ses anciens professeurs, la connaissance du docteur Sturm ; celui-ci à son tour le présenta à sa nièce, et c'est ainsi que nous trouvons M. Clément Burton chez Mlle Middleham.

« Que je suis heureuse de vous voir, docteur, dit Grace en lui tendant la main. Nous avons renversé un homme au moment où la voiture tournait dans la cour, et, quoique les roues n'aient fait que l'effleurer, je crains qu'il ne soit sérieusement blessé. Je l'ai fait mettre là, dans mon boudoir ; voudriez-vous l'examiner et me dire ce que vous en pensez ? »

M. Burton entra dans le petit salon et referma la porte derrière lui. Dix minutes ne s'étaient pas écoulées, qu'il reparaissait le front soucieux.

« J'avais deviné juste, dit Grace ; le mal est grave ?

— Je ne puis vous dire ce qui en est, répondit le docteur, parce que mon examen a été très-sommaire ; mais je crois sa position assez critique, non que ses blessures soient dangereuses ; mais évidemment c'est un viveur ; il devait être pris de vin au moment où il est tombé ; son sang est échauffé, sa constitution altérée par les excès, et nous courons grand risque d'avoir un érysipèle de la face. Il faut le conduire sans retard à l'hôpital.

— J'espère que vous ne le considérez pas comme indispensable, reprit Grace ; je me sens responsable de cet accident ; ce sont mes chevaux qui l'ont renversé, et je désire le faire soigner chez moi et à mes frais.

— Je ne puis y consentir, mademoiselle Middleham, car, croyez-moi, le pauvre homme sera mieux soigné à l'hospice Saint-Vitus que partout ailleurs. Il y a là des ressources, sinon de guérison, du moins de soulagement, qu'aucune maison particulière ne saurait offrir, et, comme ce cas-ci demande les soins constants d'une garde expérimentée, laissez-moi faire ce que je crois nécessaire. Faites atteler votre voiture ; le professeur et moi nous nous chargerons nous-mêmes d'accompagner votre protégé ; je le remettrai à l'interne, qui est un de mes amis particuliers, et je vous réponds que tout ce qui pourra être humainement fait pour lui sera fait.

— Vous reviendrez me rendre compte de votre mission, n'est-ce pas ?

— Certainement ; néanmoins je crains bien de n'avoir rien de réjouissant à vous dire. »

Deux heures plus tard, M. Burton revenait. Il raconta qu'un examen plus approfondi n'avait fait que

confirmer sa première impression; qu'il devait y
avoir quelque lésion interne, qui présentait des
symptômes sérieux, et qu'on pouvait compter, pres-
qu'à coup sûr, qu'un érysipèle viendrait compliquer
la situation.

« Pauvre homme! s'écria Grace; je suis désolée
de ce que vous me dites; je me sens presque coupable envers lui. Le connaît-on? d'où vient-il? qui
est-il?

— Il a repris connaissance pendant quelques minutes; Channell, l'interne, lui a parlé. Il ne se rendait pas compte de l'endroit où il se trouvait; mais
il a l'air d'avoir reçu une certaine éducation; il nous
a dit qu'il s'appelait Studley. »

CHAPITRE XI

LES DERNIÈRES PAROLES

De nos jours, dans les professions libérales, il faut qu'un homme connaisse non-seulement tout ce qui se rapporte à sa partie, mais encore une foule d'autres choses, et qu'il se tienne au courant de tout ce qui touche aux arts, à la littérature, voire même à la politique. Il y a bien un peu de charlatanisme dans cette manière de faire ; mais pour ceux qui veulent percer, et percer vite, il faut jeter un peu de poudre aux yeux, il faut pouvoir causer sur toutes sortes de sujets.

Quand Clément Burton sortit de chez Mlle Middleham, il passa encore une demi-heure chez une des grandes dames à la mode, puis finit sa soirée à son cercle, où se réunissaient un grand nombre d'hommes distingués, sans parler de la jeunesse dorée, qui s'y montrait par genre. Cela ne l'empêcha pas d'être debout de grand matin, d'avoir vu avant neuf heures bon nombre de malades, d'avoir avalé son déjeuner, parcouru journaux et revues et d'entrer dans son cabinet pour y donner audience à une douzaine de clients. Quand il eut congédié le dernier, il partit pour l'hôpital de Saint-Vitus, où il avait rendez-vous avec Mlle Middleham ; sur son chemin, il passa quelques instants à une exposition de tableaux, et arriva à l'hôpital aussi frais et dispos que s'il sortait de son lit.

Grace Middleham fut exacte, bien qu'elle eût passé une nuit blanche. La nouvelle que lui avait apportée M. Burton, que le blessé était le père de son amie jadis tant aimée, l'avait fort affectée. Le seul rayon d'espérance qui vînt la consoler était que peut-être cet accident lui permettrait de retrouver Anne, ou de savoir du moins ce qu'elle était devenue. Mais cet espoir était bien faible, car elle se souvenait d'avoir entendu dire à Anne, pendant leur séjour en Allemagne, qu'elle ignorait si son père vivait encore. Néanmoins, il semblait impossible à Grace de ne rien apprendre de nouveau, et elle était fort impatiente d'être admise auprès du capitaine.

M. Burton l'attendait à la porte de l'hospice et la conduisit dans la salle de garde.

« Mon ami Channell désire que nous l'attendions ici, jusqu'à ce qu'il ait fini sa tournée du matin, mademoiselle ; il aura terminé dans quelques instants et nous apportera des nouvelles toutes fraîches de notre malade.

— Savez-vous comment il est ce matin?

— Aussi mal que possible, répondit M. Burton ; je crois qu'il vaut mieux ne pas vous cacher l'opinion des médecins. Channell croit que les heures du pauvre homme sont comptées. Ne vous affligez pas ; il ne pouvait plus vivre longtemps, même si cet accident ne lui était pas arrivé. Il déclinait sensiblement, et la fin était proche.

— Souffre-t-il beaucoup?

— Presque pas ; il y a eu rupture de la colonne vertébrale, et presque tout le corps, la partie inférieure du moins, est paralysée. Je n'ai pas pu m'informer des détails, ni auprès de Channell, ni auprès des gardes ; mais je suppose qu'il doit être somnolent, s'apercevant à peine de ce qui se passe autour de lui.

— J'ai un grand désir de le voir et de lui parler, dit Grace ; croyez-vous que ce soit possible?

— Nous le demanderons à Channell quand il viendra ; je ne vois pas d'objection à ce que vous le voyiez ; quant à lui parler, je doute qu'il soit en état de vous comprendre. »

A ce moment, M. Channell arriva. C'était un jeune homme intelligent, gai, un peu brusque de manières ; présenté à Mlle Middelham, il com-

mença par lui offrir un verre de sherry, qu'il prit
dans un placard-fort respectablement garni de bou-
teilles et de cruchons, à côté desquels s'étalaient
quelques romans du jour, une paire de gants d'es-
crime et une collection de pipes de tous calibres.

« Comment va notre malade, Channell? demanda
M. Burton, quand les rafraîchissements eurent été
refusés.

— Pas d'espoir, répondit M. Channell, qui s'était
versé une bonne rasade ; vous me pardonnerez, mademoiselle Middleham, si je déjeune devant vous
sans plus de façons ; mais je suis debout depuis cinq
heures ; on m'a réveillé pour réduire une double
fracture, puis on m'a amené un individu qui a pris,
une trop forte dose de laudanum et que depuis trois
heures je fais promener par deux hommes dans une
cour et qui mourrait certainement si on le laissait
immobile pendant cinq minutes.

— Parlez-nous de cet homme que je vous ai
amené hier soir, Channell, dit Burton, pour couper court aux énumérations médicales de son ami ;
quelle est celle des sœurs qui le soigne plus spécia-
lement ?

— Je dois vous dire, mon vieux, que ce n'est pas
votre favorite, Mme Gaynor, répondit M. Channell,
la bouche pleine. Vous vous souvenez peut-être que
vous nous l'avez enlevée pour soigner votre mystérieuse cliente des faubourgs. Oh ! ne craignez pas

que je sois indiscret, mon bon, continua-t-il en s'apercevant des signes que Clément lui faisait pour qu'il se tût. C'est Mme Olivier qui soigne le vieillard, et elle le fait avec grand soin. »

Pendant que M. Channell replaçait son verre dans l'armoire, Clément Burton dit à mi-voix à Grace :

« Le cas des faubourgs, auquel Channell vient de faire allusion, est un des plus tristes que j'aie encore rencontré : je voulais vous en parler déjà depuis quelque temps; mais nous y reviendrons plus tard. A propos, Channell, Mlle Middleham désire beaucoup voir le blessé et causer avec lui. Y voyez-vous quelque inconvénient?

— Pas le moindre, en ce qui me concerne du moins; Mlle Middleham sait sans doute ce qui l'attend; une salle d'hôpital n'a rien de réjouissant à voir; mais, du moment où cela lui convient... il ne faut pas discuter des goûts.

— Ce n'est pas par simple curiosité, mon bon ami, croyez-moi, répondit M. Burton un peu sèchement; Mlle Middleham a de bonnes raisons pour expliquer sa conduite. M. Studley divague-t-il constamment?

— Pas du tout; il a toute sa connaissance, et il est patient comme Job. Il n'aura pas la force de parler beaucoup; mais il comprend à merveille tout ce qu'on lui dit.

— Nous vous serons reconnaissants alors si vous voulez nous montrer le chemin. »

Ils montèrent un large escalier, traversèrent de vastes corridors très-clairs et bien aérés, et entrèrent dans une grande salle contenant environ vingt-cinq lits. La garde ou « sœur » qui était attachée à cette salle se tenait dans un petit cabinet à l'extrémité, d'où elle pouvait surveiller ses malades et venir à leur aide quand ils l'appelaient; elle reçut très-poliment les visiteurs et, après avoir échangé quelques mots avec l'interne, les accompagna auprès du lit du capitaine. Grace ne put s'abstenir de regarder les autres malades, qui pour la plupart gémissaient et suspendaient leurs plaintes pour regarder cette apparition, nouvelle pour eux. Ce n'était pas le jour de visite, ils le savaient; sans quoi leurs parents seraient venus les voir; mais, après avoir manifesté un certain étonnement, ces pauvres gens retombaient sur leur oreiller, trop faibles pour faire un effort de cerveau qui pût leur expliquer la présence d'une dame au milieu d'eux.

« Nous y voici, dit enfin M. Channell. — Monsieur Studley, voici une dame qui vient vous voir. »

Le vieillard tressaillit et essaya de se soulever; Grace s'assit à côté de son lit et l'entendit murmurer :

« Anne. »

Mais il parut désappointé quand ses yeux s'arrêtèrent sur elle, et il ajouta :

« Mon Anne est morte. »

Puis il garda le silence.

« Je suis la dame dont la voiture vous a renversé hier, monsieur Studley, dit Grace d'une voix tremblante ; je suis venue pour vous exprimer tout mon chagrin de votre accident et vous assurer que rien ne vous manquera ici.

— Vous êtes bien bonne, répondit le vieillard s'efforçant de retrouver son amabilité d'autrefois, vous êtes bien bonne, mais vous n'aviez pas besoin de vous déranger pour moi. Cet accident est arrivé en grande partie par ma faute, et, quant aux soins, je suis aussi bien entouré que possible ici.

— Souffrez-vous dans ce moment, monsieur Studley ? demanda le chirurgien.

— Non, monsieur ; vous savez que je ne puis changer de position ; mais je ne sens aucune douleur aiguë.

— Aimeriez-vous que je vous lusse quelque chose ? demanda Grace de sa voix douce.

— Vous seriez bien aimable, répondit le capitaine avec quelque hésitation en voyant la garde apporter une bible. Je vous serai très-obligé. Votre voix est basse et sympathique, et vous me ferez plaisir. »

L'interne fut appelé à ce moment-là, et Clément

Burton prit congé, promettant de se trouver à l'hôpital le lendemain à la même heure.

Aussitôt que ces deux messieurs furent partis, Grace ouvrit l'Evangile de saint Jean et commença sa lecture ; le vieillard l'écouta d'abord par politesse, puis avec une profonde attention ; ses traits qui avaient au commencement une expression de sarcasme et de méfiance, se détendirent peu à peu pour faire place au repos et à la paix ; Grace alors le quitta, en annonçant sa visite pour le lendemain.

M. Burton était déjà à l'hôpital, le lendemain matin, quand Mlle Middleham y arriva. A sa demande : « Comment va le malade ? » il répondit :

« Je suis peiné de vous annoncer que l'état s'est considérablement aggravé. Sœur Olive m'a dit que votre visite l'avait beaucoup agité ; après votre départ, il a demandé votre nom, et quand on le lui a dit il a exprimé un très-grand désir de vous revoir. Ce matin, quoique sensiblement affaibli, il est soutenu par l'attente de votre visite, et il a demandé deux ou trois fois si vous n'étiez pas encore arrivée.

— Cela ne me surprend pas, répondit Grace. Il sait sans doute que je connais certaines phases de sa vie, circonstances dont je vous parlerai plus tard, monsieur Burton, et au sujet desquelles j'aurai besoin vos conseils. Puis-je aller auprès de lui ? »

Pour l'œil même le plus inexpérimenté, il s'était fait un grand changment dans l'état du blessé ; son visage, d'une pâleur livide, semblait plus maigre et plus ridé ; ses yeux étaient hagards, inquiets ; ses lèvres tremblantes balbutiaient des mots sans suite ; il fit un effort suprême pour se soulever quand ses visiteurs s'approchèrent de lui ; mais ses forces trahirent son courage, et il retomba pesamment sur son lit. Il essayait encore de parler, mais on ne pouvait le comprendre, et ce ne fut qu'en se penchant sur lui que Grace saisit ces mots :

« Seul ! tout seul ?

— Non, vous n'êtes pas seul, murmura doucement la jeune fille ; nous sommes avec vous, nous. »

Il l'interrompit tout à coup, et montrant Clément Burton de la main :

« Allez, allez-vous-en, dit-il.

— Il a sans doute quelque chose à vous dire que je ne dois pas entendre, souffla Clément tout bas à Grace ; je vais m'éloigner ; mais je resterai assez près pour vous porter secours ; il est excité dans ce moment et peut avoir une syncope d'un moment à l'autre.

— Nous sommes seuls à présent, reprit Grace en s'adressant au malade ; vous pouvez me dire tout ce que vous voudrez.

— Venez près, plus près. »

Grace se pencha si bas que son oreille effleurait

les lèvres du mourant ; alors il lui demanda :

« Êtes-vous la même demoiselle Middleham qui avez été en pension avec ma fille Anne ?

— Oui, c'est moi, et je la regardais comme ma meilleure amie.

— C'était une bonne fille, gémit-il.

Puis un spasme douloureux contracta ses traits, lorsqu'il continua ainsi :

« Et je l'ai tuée ! je l'ai poussée à la mort !

— Attendez, répondit Grace ; quoi que vous ayez fait et qui que vous soyez, vous vous accusez à tort dans ce moment, car Anne n'est pas morte.

— Oh ! oui, elle n'existe plus ; poursuivie, persécutée, traquée, elle s'est noyée il y a longtemps à Boulogne.

— Vous vous trompez ; elle s'est sauvée de Boulogne à Paris, où je l'ai rejointe. Pendant plus d'une année, nous avons vécu ensemble en Allemagne ; et elle tremblait toujours que vous, ou quelqu'un d'autre qu'elle n'a jamais nommé, ne vinssiez à la découvrir.

— Anne vivante ! s'écria le vieillard, essayant encore de se lever ; elle n'est plus avec vous, ou elle serait aussi ici dans ce moment. Ou peut-être, peut-être, ajouta-t-il tout bas, ne veut-elle pas me pardonner ?

— Ne pensez pas une pareille chose. Si elle savait dans quelle position vous vous trouvez, elle serait à votre chevet; mais il est vrai qu'elle ne demeure plus avec moi maintenant et que je l'ai pas vue depuis bien des mois.

— Vous... vous ne l'avez pas abandonnée? Vous avez un visage trop angélique pour délaisser vos amis !

— Non, je ne l'ai pas abandonnée; c'est elle qui m'a quittée. Je suis revenue en Angleterre sans elle, sans même qu'elle le sache, et je me suis fiancée à M. Heath, M. Georges Heath. »

Un cri douloureux s'échappa des lèvres du vieillard. M. Burton accourut; mais Studley lui fit signe de se retirer.

« Je vais lui administrer un cordial, dit le chirurgien. Voyons, mon ami, buvez cette potion; sans quoi je vous défends de parler davantage.

— Pardon, mademoiselle, si je vous ai effrayée, murmura Studley, quand ils furent de nouveau seuls; mais le nom de ce misérable m'a bouleversé. Continuez votre récit.

— Reposez-vous un instant, dit Grace; il faut obéir aux ordres du docteur. »

Avec une obéissance enfantine, il ferma les yeux et se mit à réfléchir.

Il sentait qu'il était arrivé au terme de sa carrière et qu'il ne pouvait plus échapper à la mort, qui déjà le tenait dans ses bras; il mourait dans un lit d'hôpital, lui, Edouard Studley, qui autrefois....

Quelle étrange [fatalité ! la nièce de l'homme qu'il avait jadis aidé à voler était la cause involontaire de sa mort. Le vieux Middleham, le cottage de Loddonford..., le visage pâle d'Anne regardant par la fenêtre....! Qu'avait-on dit d'Anne?... qu'elle vivait encore! Quel bonheur! au moins il n'avait pas à se reprocher sa fin tragique. Mais alors, si elle existait encore, qu'était-elle devenue? Comment cette charmante jeune fille, qui était là à côté de son lit, pouvait-elle avoir quelque chose de commun avec Heath ? Il voulait tout savoir !

Le cordial produisait son effet; la prostration diminuait; il cherchait Grace du regard.

« Voulez-vous que je vous parle encore d'Anne? lui demanda-t-elle. Êtes-vous assez bien pour m'écouter?

— Oui, oui, dites-moi tout.

— Je vous ai dit que je promis d'épouser M. Heath, mais, quand je l'écrivis à Anne (que j'avais laissée auprès de ma tante malade à Bonn), elle arriva inopinément à Londres, me dit que ma tante était mourante et me réclamait avec instances pour me dire un dernier adieu; enfin elle me décida à repartir sans délai avec elle, et, lorsque nous fûmes à Bruxelles, elle m'avoua qu'elle m'avait trompée et que son seul but en m'emmenant loin de Londres était de rompre mon mariage. »

Un soupir de soulagement échappa au capitaine,
et il sourit.

« Elle me dit, continua Grace, qu'elle avait vu
M. Heath et que, par un moyen dont elle ne voulut
pas me faire part, elle avait obtenu qu'il renonce-
rait à ma main. Elle fit plus : elle me donna une
lettre qu'il m'avait écrite pour me rendre ma parole.

— Bonne fille ! toujours brave ! toujours fidèle !
murmura le vieillard.

— Oui, j'en suis venue aussi, à la fin, à croire
qu'Anne m'avait rendu un service éminent et préservée d'un malheur sans nom. Mais, à cette époque,
je ne pensais pas ainsi, et je lui en voulais beaucoup
de s'être ainsi immiscée dans mes affaires. J'appris qu'elle avait été fiancée à M. Heath, ce qui ne
diminua pas mon ressentiment ; enfin je sus si peu
dissimuler ma rancune, que la vie devint intolérable pour chacune de nous et qu'un matin Anne disparut, me laissant un mot d'adieu dans lequel elle
me disait qu'il serait inutile de la chercher et que
désormais elle serait seule au monde. Depuis lors,
et malgré tout ce que j'ai pu faire, je n'ai plus entendu parler d'elle. »

En finissant son récit, Grace fondit en larmes ; le
vieillard n'était pas moins ému ; il murmurait tout
bas :

« Ma pauvre Anne ! ma courageuse fille !

— Dois-je appeler le docteur ? demanda Mlle Middleham avec angoisse en voyant la pâleur cadavéreuse du moribond.

— Non, pas encore ; écoutez-moi. Je puis vous dire quel pouvoir Anne exerçait sur ce misérable et comment elle a pu le faire renoncer à ses plans sur vous. Anne, ma pauvre Anne, était la femme de Georges Heath.

— Sa femme? répéta Grace pétrifiée.

— Anne était mariée avec Georges Heath.

— Quand ? à quelle époque ? était-ce par son libre choix ? Répondez-moi, je vous en supplie. »

Mais le saisissement causé par ce qu'il venait d'apprendre, joint à l'effort qu'il avait fait pour parler, était au-dessus des forces de M. Studley, et il retomba sur son traversin, à peu près sans connaissance. Quelques instants après, son intelligence était tout à fait obscurcie, et les quelques mots qui sortaient de ses lèvres bleuies étaient incompréhensibles. Une nouvelle syncope était imminente.

Grace appela M. Burton, qui, tout en administrant au blessé les remèdes qu'exigeait sa position critique, ne put s'empêcher de jeter un regard inquiet sur le visage bouleversé de la jeune fille. Quand le vieillard eut repris ses sens, il se tourna vers elle et voulut lui parler encore ; mais à ce moment Clément intervint :

« Je suis désolé d'interposer ici mon autorité médicale, dit-il; mais ce pauvre homme est dans un état si précaire, qu'il faut à tout prix le laisser dans un repos complet, et je suis contraint de vous prier de vous en aller, chère mademoiselle Middleham.

— Ne puis-je lui poser encore une dernière question?

— Pas une seule; si vous voulez m'honorer de votre confiance, je vous promets, dès que je le verrai en état de répondre, de lui demander ce que vous désirez savoir.

— Je voudrais savoir deux choses : quand est-ce qu'Anne Studley a épousé M. Georges Heath, et *où* ils ont été mariés.

— Vous pouvez compter sur moi; je ne vous engage pas à revenir demain, parce que ces entrevues agitent et épuisent notre malade; mais, si vous le permettez, je viendrai moi-même vous apporter de ses nouvelles. »

Ce que Mlle Middleham venait d'apprendre l'avait profondément ébranlée; jamais l'idée d'un mariage entre son amie et le gérant ne lui était venue; et elle sentait instinctivement qu'Anne avait dû y être contrainte par des circonstances d'une importance vitale, et telles que le sacrifice de tout le bonheur d'une vie pouvait seul y remédier. A plusieurs reprises, Mlle Studley avait laissé comprendre que son père était un homme peu scrupuleux, peu honorable, taré même, et sans doute ses relations avec

Heath étaient d'une nature compromettante et ina-
vouable. Mais qu'il eût consenti à donner sa fille à
son compagnon, à son complice, voilà ce qui con-
fondait Grace et lui faisait attendre avec impatience
la solution qu'elle espérait apprendre par M. Burton.

Mais Grace devait être déçue, car, dès les premiers mots, M. Burton lui annonça que le mystère
n'avait pas été éclairci.

« J'aurais fait votre commission, si j'en avais eu
le moyen ; malheureusement, M. Studley est mort
hier soir, sans souffrances et sans agonie, mais sans
avoir repris ses sens et sans pouvoir comprendre
et encore moins répondre à ce qu'on lui disait. »

Quoique Mlle Middleham sût que le capitaine ne
pouvait pas se rétablir, elle fut saisie en apprenant
sa mort. Elle perdait ainsi sa dernière chance de
retrouver les traces de son amie et devait continuer
à porter le poids de ses remords, car elle ne pouvait
se pardonner d'avoir réduit Anne au désespoir et de
l'avoir pour ainsi dire lancée seule dans le monde.
Clément Burton vit les larmes qui coulaient sur les
joues de Grace et, comme tous les hommes en pareille circonstance, se sentit ému de son chagrin.

« Je regrette doublement, mademoiselle Middleham, de n'avoir pu vous procurer des renseignements auxquels vous attachez une si grande importance, car je vois qu'ils étaient d'un puissant intérêt
pour vous. »

Quand tout sourit dans la vie, on peut la traverser seul et sans appui; mais, quand sonne l'heure de l'épreuve combien l'oreille sympathique d'un ami fait défaut! On sent le besoin d'un confident en même temps que d'un conseiller, et l'on cherche autour de soi un cœur fidèle sur lequel s'appuyer. Grace n'avait aucune amie intime; ses premières expériences l'avaient rendue méfiante, injuste peut-être, et elle se contentait de relations superficielles, qui lui suffisaient tant que l'existence coulait facile et douce. Il y avait quelque chose de si sympathique en même temps que de si sérieux dans la voix de M. Burton, que Grace sentit fondre sa réserve.

« Vous avez raison, docteur, dit-elle; les renseignements que j'espérais recevoir de ce pauvre vieillard m'auraient probablement aidée à réparer une erreur dont je me suis rendue coupable et qui pèse sur ma conscience. Tandis que maintenant je ne sais plus comment agir.

— Si je pouvais vous être utile en quoi que ce soit, répondit-il, vous savez combien je serais heureux de vous venir en aide. »

Il parlait avec une chaleur et une vivacité qui ne lui étaient pas ordinaires; la vue de Grace tout en larmes l'avait ému jusqu'au fond du cœur; jusqu'alors, il l'avait toujours vue heureuse et souriante, et il se figurait qu'elle ne faisait que lui plaire, comme beaucoup d'autres femmes; dans ce moment, il comprenait qu'elle lui inspirait un sentiment plus profond. Mais il ne voulait pas se trahir; il ne se faisait pas illusion sur la différence de leur position, et il était bien trop fier et trop indépendant pour consentir à prendre une femme pour sa fortune. Mais ces larmes lui tombaient lourdement sur le cœur, et il ne put se contenir.

« Merci! répondit Grace en le regardant avec reconnaissance. Oui, j'ai besoin d'un ami qui me donne un bon conseil, et je sens que je puis compter sur vous. Ecoutez donc une longue et triste histoire. »

Quand Mlle Middleham eut terminé le récit que nous connaissons, depuis son séjour chez les demoiselles Griggs jusqu'à la disparition de son amie, elle ajouta :

« Vous comprendrez maintenant, monsieur Burton, l'importance capitale des deux questions que je vous avais prié de poser à M. Studley. Il faut absolument que je sache où est Anne Studley; je ne puis avoir de repos d'esprit jusqu'à ce que je l'aie retrouvée. Vous êtes à présent au courant de tout; comment croyez-vous que je doive m'y prendre pour arriver à mes fins?

— Pourquoi ne pas pousser le cri d'alarme dont vous étiez jadis convenue avec Mlle Studley? pourquoi le *Times* ne sonnerait-il pas une seconde fois le Tocsin?

— Je l'ai fait à plusieurs reprises pendant ces derniers mois, mais sans résultat. »

M. Burton réfléchit quelques instants ; tout à coup son visage s'éclaircit.

« J'y suis, s'écria-t-il ; faites insérer un avis à l'adresse de la femme de Georges Heath ; elle y répondra sans doute. »

CHAPITRE XII

LA CLIENTE DE CLÉMENT BURTON

Le quartier de Bloomsbury était autrefois un des plus fashionables de Londres ; mais lorsque l'aristocratie abandonna ces vastes hôtels, ces squares ombragés, pour se porter d'un autre côté de la ville, les médecins, les hommes d'affaires, les journalistes s'y réfugièrent, car là ils étaient à portée du centre, où leurs occupations les appelaient constamment, et ils jouissaient pourtant d'un calme relatif.

Dans une rue paisible et même triste, au second étage d'une maison fort simple, une femme était étendue sur une chaise longue qui contrastait par son aspect moelleux avec le reste de l'ameublement. Elle était infirme, à en juger par son immobilité presque absolue ; toutefois, elle se soulevait à chaque

instant pour jeter un regard impatient dans la rue ;
cette femme avait dû être belle dans son temps, car
elle avait encore des yeux clairs et brillants et de
jolis cheveux châtains, qui bouclaient naturellement
autour de sa tête ; mais l'ensemble de sa physionomie était dur, usé comme il arrive souvent quand
on a beaucoup souffert moralement et physiquement.

Cette femme, abattue et incapable de se mouvoir,
qui demeure dans cette chambre simple et propre,
et qui est à la merci d'une garde-malade et attend
avec tant d'impatience la visite du docteur, c'est
Lydia Walton, l'incomparable Lydia, la fascinante
Mme Walton, la prima dona de l'Alcazar, l'objet
adoré des clercs d'avoués et des commis de maga-
sins. Un mois avant que nous la trouvions dans ce
triste état, au moment où elle finissait une chanson
comique, trois fois redemandée, et comme elle ren-
trait dans la coulisse, une écharpe de tulle dont
elle s'enveloppait les bras et le cou avait pris feu
en passant près d'un bec de gaz, et en un clin d'œil
la malheureuse créature avait été entourée de
flammes. Aux cris poussés par ses camarades, l'au-
ditoire comprit ce qui se passait ; une panique
s'empara de toute la salle, qui se serait promptement
vidée, si le régisseur n'était venu rassurer ses habi-
tués en leur annonçant que le feu était éteint et
tout danger conjuré. Mais, si la salle était préservée,
la pauvre cantatrice ne pouvait en dire autant, car

elle avait les épaules et les bras , surtout le bras droit, horriblement endommagés. Son directeur, qui n'était pas un méchant homme, non content de l'avis du pharmacien appelé en toute hâte, envoya le Dʳ Clément Burton à sa pensionnaire. C'était tout ce qu'on pouvait demander de lui.

C'était justement un de ces cas de chirurgie que Clément aimait à soigner, et sa nouvelle cliente lui inspira bientôt un véritable intérêt, bien qu'elle fût très-indocile et difficile à conduire. C'était un curieux mélange de passions ardentes et d'empire sur elle-même ; une femme étrange, très-intelligente, fort peu instruite, aigrie contre les hommes qu'elle accusait tous d'hypocrisie et d'égoïsme, mais profondément reconnaissante des soins que le Dʳ Burton lui donnait.

Les souffrances qu'elle endurait étaient vives et par moments insupportables ; les flammes lui avaient labouré les bras, les épaules et la poitrine; son bras droit ne pouvait plus se mouvoir. Il lui fallait des soins continuels et minutieux, et le docteur n'avait pu mieux faire que d'installer près de sa malade la sœur Gaynor, en laquelle il avait la plus grande confiance. La garde était veuve ; les épreuves ne lui avaient pas été épargnées, bien qu'elle n'eût que vingt-quatre ou vingt-cinq ans, et avaient laissé sur son visage une empreinte de tristesse et de douceur qui la rendait attrayante. Le Dʳ Burton passait, parmi les internes et les étudiants de Saint-Vitus, pour être éperdument amoureux de sœur Gaynor ; mais personne, sauf M. Channell, n'avait osé le plaisanter ouvertement. Ce cancan, comme tant d'autres, n'avait pas le plus léger fondement. Clément Burton était bien trop occupé pour s'accorder le temps d'être amoureux, et ses sentiments tendres, autant du moins qu'il se le permettait, se tournaient vers une autre personne. Il n'en avait pas moins une grande estime professionnelle pour Mme Gaynor, qui joignait à des connaissances médicales une douceur de mouvements et un comme il faut vraiment remarquables . Il avait hésité d'abord à la mettre en contact avec la cantatrice ; mais elle accepta avec empressement, et Mme Walton, quelque irritable et originale qu'elle fût, ne trouvait pas d'expressions pour remercier le docteur de lui avoir trouvé une garde comme celle-là.

« Je voudrais bien savoir si M. Burton se décidera à venir ce matin? dit Lydia en se rejetant avec colère dans son fauteuil.

— Ce n'est pas encore son heure, je crois, répondit Mme Gaynor, qui mettait la chambre en ordre ; vous vous souvenez qu'il nous a prévenues que cette semaine il viendrait un peu plus tard ; il est très-occupé.

— Oui, je le sais ; cela n'empêche pas que je désire le voir.

— Il y a si peu de temps que vous redoutiez ses visites.

— C'est vrai ; parce qu'alors il me faisait mal en m'ôtant mon appareil, et je ne pouvais presque pas le supporter. Il me fait moins souffrir maintenant. Cependant je ne vois guère de progrès pour le bras droit ; seulement sa visite coupe la journée et nous appporte un peu de distraction , à nous pauvres prisonnières.

— Parlez pour vous ; je ne me trouve pas à plaindre ; je ne m'ennuie jamais.

— Est-ce bien possible ? Eh bien ! moi, je n'en dirai pas autant, et je m'ennuie tellement que je me couperais volontiers la gorge. Je me demandais autrefois comment le commun des mortels pouvait bien passer son temps ; je me levais à deux heures après midi, et toujours quelqu'un m'attendait pour causer un moment, ou bien j'allais faire une visite, puis je dînais, et, avant que j'eusse le temps d'y penser, l'heure sonnait de me rendre à l'Alcazar. Maintenant les heures se traînent lentement ; je n'ai rien à faire, rien à préparer. Que peut-on bien faire sans moi à l'Alcazar ? Avez-vous un journal ?

— Oui, voici le *Daily News*.

— Cherchez un peu la chronique théâtrale, et voyez s'il est question de l'Alcazar. Je ne serais pas étonnée s'il avait dû fermer ; Mme Atkins m'a dit que les recettes avaient beaucoup diminué depuis ma maladie.

— Il me semble, d'après cet article, qu'il est encore en vogue, répondit Mme Gaynor en parcourant le journal. Mme Belinda Bonassus attire beaucoup de monde. On dit ici, qu'hier soir, on lui a fait chanter quatre fois de suite le *Ranz des vaches*, avec accompagnement.

— Le *Ranz des vaches*, répéta Lydia Walton d'une voix moqueuse ; c'est cette chanson suisse qu'elle écorche si bien ; et, quant à l'accompagnement, nous le connaissons. Cet individu, qu'elle appelle son frère, souffle dans une corne de vache, et voilà tout. Je la connais, cette vieille Bonassus, et depuis vingt-cinq ans qu'elle chante on sait ce dont elle est capable ! Dieu merci, elle ne saurait m'être comparée.

— Je n'en doute pas, madame Walton ; mais souvenez-vous que vous devez éviter ce qui vous agite ; sans cela vous ne pourrez pas de longtemps reprendre vos succès.

— Je sais bien que je suis ridicule de me monter comme cela, surtout quand il s'agit de cette vieille Bonassus ; mais c'est plus fort que moi, je ne puis pas voir qu'on la fasse mousser comme cela. On n'en disait pas plus pour moi, et je faisais autrement monter les recettes. Quant à m'exciter, comme vous le dites, j'en ai besoin ; je ne puis vivre sans cela.

— Il faudrait pourtant vous calmer, à présent, car rien ne vous est plus nuisible que l'agitation.

— Dans notre profession, c'est indispensable, continua Lydia Walton sans écouter sa garde ; c'est comme un bon verre de cognac et mieux que cela, car cela vous donne l'entrain nécessaire, sans vous laisser de mal de tête après. C'est une rude existence, je vous assure, que celle du théâtre, ou plutôt, celle d'une cantatrice, qui dans sa soirée court d'un concert à un autre, n'a que le temps d'arriver, de donner un dernier coup d'œil à sa toilette, puis monte sur les planches, et, aussitôt que sa romance est finie, remonte en voiture pour aller dans une autre soirée, souvent à l'extrémité de la ville.

— Cela doit, en effet, être très fatigant, dit Mme Gaynor en coupant les feuillets du journal.

— Ce n'est pas la fatigue ou le travail qui m'effraye ; lorsque je commençai ma carrière, sous la direction du vieux Roxby, à Sunderland, remplissant les rôles de soubrette, de fée, de mère noble, dansant la cachucha, chantant les couplets de vaudeville, rien ne me fatiguait ; mais à présent l'odeur de tabac et d'eau-de-vie m'écœure et me dégoûte ; c'est cela, avec la composition de la salle, qui m'ennuie le plus.

— Je le crois sans peine, dit Mme Gaynor.

— Et pourtant j'aime encore mieux une existence agitée comme la mienne que celle que vous menez. Comment peut-on se condamner au rôle de garde-malade? C'est pour moi incompréhensible, mais pour vous plus que pour toute autre. Avec un visage comme le vôtre, des manières et une éducation comme les vôtres, il n'y a pas de raison pour rester veuve, et vous n'auriez pas de peine à trouver un mari riche, qui ne serait que trop heureux de vous épouser.

— Je suis parfaitement satisfaite de mon sort, madame Walton ; je ne désire pas....

— Je sais ce que vous allez me dire ; c'est que, quand on fait une chose bien, on y prend goût, et, comme il n'y a pas de garde meilleure, plus soigneuse ni plus habile que vous, vous devez aimer votre profession. Moi je ne pourrais jamais soigner, comme vous le faites, la première personne venue ; si j'aimais quelqu'un, je deviendrais sa garde, son esclave ; rien ne me rebuterait, rien ne me lasserait. Mais être à la merci d'un étranger, supporter ses boutades, ses colères, non, non ; mille fois mieux être cantatrice dans dix alcazars à la fois ! »

Après avoir fini cette vigoureuse sortie, Mme Walton retomba épuisée sur ses coussins.

« Je vous disais bien que vous vous excitiez trop, lui dit Mme Gaynor avec bonté ; vous vous ferez du mal. Croyez-moi, il y a aussi des compensations à ma vie, que vous trouvez si austère ; il est bien

doux de soulager ceux qui souffrent, de consoler
ceux qui pleurent, et c'est parfois un bienfait que
d'oublier ses propres chagrins en s'occupant de
ceux des autres. Voyons! restez là bien tranquille,
ne vous impatientez pas; vous savez bien que M. Burton viendra aussitôt qu'il sera libre.

— Vous pouvez bien recommander aux autres
de rester tranquille, vous qui avez été toute la
matinée sur vos jambes et qui ne demandez qu'à
vous reposer; mais moi, qui depuis deux heures
suis à cette fenêtre comme sœur Anne et qui ne
vois rien venir, j'ai besoin qu'on m'amuse.

— Voulez-vous que je vous lise le journal? lui
demanda gaiement Mme Gaynor. Je suis sûre que
nous y trouverons quelque chose d'intéressant.

— Et moi j'en doute si fort que je ne veux pas
vous donner cette peine. La politique m'importe
peu, les fonds encore moins, et les faits et gestes
du grand monde, pas du tout. Si nous avions une
revue des théâtres, passe encore; mais tant pis! ne
vous inquiétez pas de moi. »

Mme Gaynor n'en était pas à ses débuts auprès
d'une malade, et elle savait que, dans certaines dispositions d'esprit, il est impossible d'amadouer
l'humeur acariâtre et revêche d'une patiente. Aussi
replia-t-elle le journal, qu'elle laissa sur la table,
et prit-elle sa couture en silence. Dix minutes plus
tard, un pas rapide se fit entendre sur l'escalier, et

Clément Burton entra. Sa physionomie était si riante, son sourire si bienveillant, que ses clients disaient qu'il leur apportait un rayon de soleil. Même la pauvre Lydia, dans ses plus mauvais jours, subissait son influence et le recevait avec un sourire.

« Vous voilà *enfin*, docteur! dit-elle.

— Enfin! répéta Clément. Ce petit mot de reproche me prouve que vous m'attendiez.

— Mon impatience n'est pas très flatteuse pour vous, puisque vous êtes la seule personne qui veniez couper la monotonie de nos journées, répondit Lydia, pendant qu'un nouveau sourire animait son visage; mais je vous pardonne.

— Vous feriez plus que me pardonner, si vous saviez ce que j'ai fait; quoique je ne fusse pas avec vous, je m'occupais de vous, je parlais beaucoup de vous, et je viens vous demander la permission de vous amener une dame de mes amies, qui désire faire votre connaissance.

— Oh! Seigneur! je n'ai envie de voir aucune de vos dames! s'écria Lydia terrifiée.

— Et vous vous plaigniez justement tout à l'heure de la monotonie de votre vie, lui répondit Clément, en riant de son effroi.

— Sans doute; mais j'aime mieux m'ennuyer que d'être envahie par quelque vieille dévote qui viendra seulement pour toiser avec dédain une

cantatrice de l'Alcazar et s'en ira en semant des
traités sur tous mes meubles.

— La dame dont je vous parle ne saurait être
appelée une vieille dévote, reprit le docteur, car
elle est jeune, et elle est jolie; mais, puisqu'elle
vous inspire une telle terreur, je ne vous l'amè-
nerai pas, et tout sera dit. Eh bien, madame
Gaynor, comment va ce bras?

— Il y a un progrès sensible, monsieur, bien que
Mme Walton ait été très démoralisée hier, lorsqu'elle n'a pas pu s'en servir.

— Pourquoi lui demandez-vous à elle des nouvelles de mon bras? Je suppose que je sais ce qui
en est mieux que personne. Je suis forcée pourtant
de convenir que Mme Gaynor — je ne puis pas
l'appeler sœur, quoique je voulusse avoir une sœur
comme elle — le soigne aussi bien que si c'était le
sien. Mais, docteur, le temps passe, et il faut que
vous me signiez bientôt mon exeat. Mon directeur
est bien bon enfant, et cependant il ne voudra pas
continuer à me payer si je reste toujours chez moi;
et puis je veux montrer à la Bonassus que je suis
encore bonne à quelque chose.

— Mme Gaynor a raison, dit M. Burton, qui venait de défaire les bandages, le bras va merveil-
leusement, et sera tout à fait guéri à l'époque que
je vous ai indiquée, du moins si vous n'en faites
pas usage; sans cela, souvenez-vous, ajouta-t-il en

la menaçant du doigt, que vous contribuerez aux succès de Mme Bonassus et que vous retarderez indéfiniment votre rentrée en fonctions. Je vais vous faire une nouvelle ordonnance pour modifier la lotion. — Madame Gaynor, voudriez-vous m'accompagner dans la chambre voisine? J'aurais quelques mots à vous dire. »

Les quelques mots furent bien longs à dire, car plus d'un quart d'heure s'était écoulé quand le docteur prit congé; la garde, en rentrant dans la chambre de la malade, la trouva occupée à lire le journal qu'elle avait dédaigné quelques heures plus tôt. Avec son bras gauche, elle était parvenue à le déplier et semblait plongée dans sa lecture.

« Vous avez déjà oublié les recommandations de M. Burton, dit doucement Mme Gaynor : il vous a dit de ne pas bouger le bras, et vous avez dû vous en servir pour atteindre ce journal, ce pauvre journal dont vous n'avez pas voulu entendre parler quand je vous l'ai offert!

— Et j'avais bien raison, car il ne renferme rien d'intéressant.

— Il y a même moins que lorsqu'il est sorti des mains de l'imprimeur, continua la garde, car voici un morceau déchiré; ces gens sont bien négligents!

— Peu importe, répondit Mme Walton; il ne manque qu'une partie des annonces. Est-ce que

M. Burton est parti? Eh bien! alors, je vais vous parler sérieusement. Savez-vous que vous êtes pâle et bien étirée ce matin?

— Cela ne m'étonne pas, j'ai un fort mal de tête.

— Ce n'est pas surprenant; vous ne sortez jamais de ces deux chambres étouffantes. Aussi vous allez me faire le plaisir d'aller vous promener pendant une demi-heure. Je suis très bien installée. Je ne souffre pas, en sorte que vous pouvez sans crainte faire trois ou quatre fois le tour du square; vous reviendrez avec des couleurs sur vos joues. Je vous en prie, faites-le.

— Je suis bien tentée de vous obéir, répondit Mme Gaynor; il me semble qu'un peu d'air frais me ferait du bien.

— Alors, partez tout de suite; souvenez-vous que je ne veux pas vous revoir avant une bonne demi-heure. »

Mme Gaynor arrangea les coussins de sa malade, puis elle lui dit adieu. Lydia écouta attentivement, jusqu'à ce qu'elle eût entendu la porte de la maison retomber sur ses gonds; alors, avec un grand effort, elle sortit de la poche de sa robe de chambre, un fragment de papier imprimé, évidemment déchiré d'un journal; elle le posa devant elle et le lut à haute voix :

« La femme de Georges Heath est instamment

priée de donner de ses nouvelles à G. M., à l'Hermitage, Campden Hill. G. M. a une communication importante à lui faire. »

Mme Walton relut ces lignes une seconde fois.

« G. M. murmurait-elle, qui peut bien être ce ou cette G. M.? J'ai cherché laquelle de nos anciennes connaissances portait ces deux initiales, et je ne trouve personne. Néanmoins ce sont bien un G et un M, et il faut répondre à cet avis. »

Avec une peine infinie, elle attira jusqu'à elle le buvard et la plume qui avaient servi au docteur pour écrire son ordonnance, et avec plus de peine encore elle réussit à tracer les mots suivants :

« G. M. est priée d'attendre une semaine. A ce moment-là, on lui fournira tous les renseignements désirés. »

Lydia Walton plia le papier, le mit dans une enveloppe et l'adressa à G. M., à l'Hermitage, Campden Hill.

« Je gagnerai un peu de temps ainsi, dit-elle, et pour le moment c'est tout ce que je puis espérer. Cet avis m'a tellement surprise que je n'ai pas eu le temps d'y réfléchir. A la fin de la semaine, peut-être pourrai-je me servir de ce malheureux bras, et cependant ce que je viens de faire ne lui sera pas favorable. »

Elle tira un cordon accroché à son fauteuil et qui communiquait à la sonnette; au bout d'un instant, une femme, évidemment la maîtresse de la maison, montra sa figure enluminée dans l'embrasure de la porte.

« Toute seule! s'écria-t-elle; qu'est donc devenue cette doucereuse sœur Gaynor, qui est censée vous si bien soigner?

— Elle est sortie pour le moment, madame Frost; elle était si pâle que j'ai exigé qu'elle fît une petite promenade.

— Quelle bonne âme vous faites! vous pensez toujours à ceux qui vous entourent. Que puis-je faire pour vous?

— Faites d'abord quelque chose pour vous-même, madame Frost; ouvrez ce buffet; vous y trouverez un carafon, et buvez un verre de ce vieux porto que vous appréciez si bien.

— Ne vous le disais-je pas? Vous pensez toujours à faire plaisir aux autres.

— Mais ensuite je vous demanderai quelque chose pour moi, ou plutôt pour Mme Gaynor, qui a écrit cette lettre et l'a oubliée sur la table. Je sais qu'elle désirait la faire partir tout de suite et suis sûre qu'elle sera désolée de son étourderie. Pourriez-vous envoyer votre domestique la jeter à la boîte?

— Enchantée de vous obliger, madame, répondit Mme Frost en prenant la lettre. Je vais l'envoyer tout de suite, et, si votre garde ne revient pas aussi vite que vous l'attendez, ne craignez pas de me sonner une seconde fois. Je viendrai vous tenir compagnie, si cela peut vous êtes agréable.

— Elle ne parlera pas de cet incident à la garde, se dit Lydia quand elle fut seule. Ce verre de vin va l'endormir, cette vieille paresseuse de sorcière, et même, si elle parlait de cette lettre, elle ne se souviendrait jamais de l'adresse. G. M., à l'Hermitage. Quel drôle de nom et d'adresse ! Je voudrais bien savoir ce que cela veut dire. »

Il était tard dans l'après-midi, quand cette lettre arriva à destination. Mlle Middleham avait eu quelques personnes à dîner et se promenait avec elles dans le jardin, quand on lui remit son courrier. Elle regarda les adresses, puis se tournant vers Clément Burton :

« Votre conseil a déjà porté des fruits, car voici une lettre pour G. M.

— Ne vous montez pas la tête, murmura-t-il.

— Faites l'aimable, répondit-elle, pendant que je vais lire ma lettre. »

Quelques instants plus tard, aussitôt qu'elle put adresser la parole au jeune docteur sans exciter l'attention :

« Je crois que c'est une erreur ; le nom de Georges Heath est peut-être commun ; en tout cas, il est sûr que la réponse vient de quelqu'un que je ne connais pas.

— Ce n'est pas Mlle Studley qui vous écrit?

— Non; j'ai bien vu du premier coup d'œil que ce n'était pas l'écriture d'Anne; j'espérais encore que l'intérieur de la lettre serait d'elle. Voyez, continua-t-elle en tirant l'épître de sa poche, cela ne ressemble pas à la plume élégante et déliée de mon amie; c'est celle d'une personne sans éducation; les lignes vont de la cave au grenier, et les lettres sont mal formées.

— Je ne suis pas de votre avis, dit M. Burton, après avoir soigneusement examiné l'écriture; ce n'est pas une femme illettrée qui a tracé ces lignes, mais plutôt une femme qui a la main blessée ou paralysée.

— Vous avez peut-être raison; néanmoins je suis sûre que ce billet ne vient pas d'Anne, et par conséquent peu m'importe le nom de l'auteur. Je n'ai rien de plus ni de mieux à faire que ce qu'on me conseille de faire : attendre jusqu'à la fin de la semaine. »

CHAPITRE XIII

LA FEMME DE GEORGES HEATH

La semaine parut bien longue à Grace Middleham ; elle n'avait pas même l'espérance pour la
soutenir, car elle était sûre que la lettre reçue ne
venait pas d'Anne, mais d'une personne trompée
par une similitude de nom et qui avait répondu en
toute honnêteté à l'avis du *Times*. Le nom de Georges Heath était, après tout, assez commun, et il
n'y avait pas de raisons pour que la femme de
Georges Heath, qui avait écrit, ne fût pas victime
d'une de ces catastrophes conjugales qui malheureusement se multiplient de nos jours. Malgré tout,
Clément Burton espérait, et il disait sans cesse que
quelque chose de clair surgirait du présent chaos.
Quel était ce quelque chose ? Il aurait lui-même
été bien en peine de le dire, mais il se figurait que

cette correspondante inconnue leur fournirait un peu de lumière.

Le docteur Burton crut nécessaire de prendre quelques informations sur le compte de Georges Heath lui-même ; car, depuis qu'il avait quitté la banque, on l'avait tout à fait perdu de vue.

Mlle Middleham y consentit, et un matin elle vit arriver Clément plus tôt que de coutume.

« Qu'est-ce qui peut vous amener ainsi, docteur ? lui demanda Grace. Je ne suppose pas que vous ayez rien appris de la femme de Georges Heath ?

— Non, pas jusqu'à présent ; mais j'ai du moins des nouvelles du mari, et plus que jamais je vous félicite, mademoiselle Middleham, d'avoir échappé à cet homme. Je suis aussi plus convaincu que jamais que Mlle Studley ne pouvait vous donner une meilleure preuve de tendre dévouement qu'en vous empêchant de l'épouser.

— Voici déjà quelque temps que je suis de cet avis, répondit Grace. Que vous a-t-on donc dit sur M. Heath ?

— Dans la Cité, on ne tarit pas d'éloges sur son compte ; on le dit un des financiers les plus remarquables, les plus heureux et les plus intelligents ; on ne comprend pas pourquoi, à l'apogée du succès et de la fortune, il a quitté brusquement les affaires. Mais la réputation d'habile négociant n'est pas tout, mademoiselle Middleham, et, comme je vous le disais tout à l'heure, vous devez vous féliciter d'être débarrassée de lui.

— A-t-il tout à fait renoncé aux affaires? On m'avait dit qu'il quittait la maison de banque parce qu'il se trouvait dans une sphère trop restreinte et désirait se lancer dans de plus vastes spéculations.

— Alors il a changé d'avis, a mis un frein à son ambition, ou éprouvé un urgent besoin de repos, car, depuis qu'il a donné sa démission, on ne l'a pas revu dans la Cité.

— Comment pouvez-vous croire, et vous, docteur, moins que tout autre, qu'un homme qui a mené si longtemps une vie fiévreusement active puisse tout d'un coup se passer de toute occupation, de tout excitant?

— Cela peut être étonnant et n'en pas être moins vrai pour cela, répondit Clément. Aussitôt qu'il s'est démis de ses fonctions, il a quitté l'Angleterre et a parcouru l'Europe en tous sens. Il n'y a guère plus de trois semaines qu'il est revenu.

— Est-il à Londres? demanda Grace vivement.

— Non; et, même s'il y était, rassurez-vous, vous auriez peu de chance de le rencontrer. Il est malade et s'est établi dans un village assez triste, qu'on appelle Loddonford. N'était-ce pas là que votre oncle avait une propriété? On m'a dit que M. Heath habitait là un cottage isolé, au milieu d'un jardin

humide et tellement en désordre qu'on a peine à
s'y frayer un chemin.

— Il est seul ?

— Tout à fait. Il n'a pas répondu aux avances
qui lui ont été faites par ses voisins, lorsqu'il est
venu s'établir là, en sorte qu'on l'a laissé solitaire.
Personne du dehors ne vient le voir.

— Quelle vie austère et triste ! dit Grace. Et vous
dites qu'il est malade ?

— Du moins c'est ce qu'on m'assure et ce qu'on
conclut de sa manière de vivre ; il ne sort jamais
de chez lui, quoiqu'à vrai dire cela puisse être par
goût tout aussi bien que par nécessité. En tout cas,
il a l'*air* malade, et ce mot me rappelle que je m'ou-
blie à causer avec vous et que mes clients soupi-
rent après moi.

— Dites-moi, avant de vous en aller, commen
est cette pauvre femme dont vous m'avez parlé
l'autre jour ?

— Pas tout à fait aussi bien ; elle est irritable,
agacée, et entrave les progrès de sa guérison par
la fièvre intérieure qui la mine.

— A-t-elle toujours la même garde, celle que ce
M. Channell louait si chaudement ?

— Sœur Gaynor ? oh ! oui, elle la soigne toujours,
et elle mérite bien, je vous assure, tous les éloges
qu'on fait d'elle, quoique vous paraissiez les croire
exagérés. — Je ne sais vraiment pas qui pourrait

supporter comme elle le fait les caprices et la mauvaise humeur de Mme Walton.

— Savez-vous à quoi attribuer cette agitation ?

— Non ; mais il est certain, pour moi, que la
cause en est toute morale ; elle est très peu commu-
cative. D'ordinaire, quand une malade ne prend pas
sa garde pour confidente, elle se rejette sur son médecin ; mais jamais elle ne nous a dit un mot
qui puisse nous mettre sur la voie. Il faudra que
vous me rendiez le service de venir la voir un jour ;
je suis sûr que vous lui feriez du bien.

— J'en doute beaucoup, répondit Grâce avec un
doux sourire ; néanmoins, si je puis vous être utile,
je suis toute disposée à vous accompagner. »

Ce même jour, lorsque le Dr Burton arriva chez
Mme Walton, Mme Gaynor l'attendait dans l'antichambre.

« Il faut absolument que vous la mettiez à la raison, dit la garde ; je ne puis plus en faire façon.

— Y a-t-il quelque chose de nouveau ?

— Non ; mais ses impatiences, son agitation sont
arrivées à un degré incroyable. Elle ne fait que me
répéter qu'elle ne veut pas qu'on la retienne en
prison.

— Je vais voir ce que j'en puis obtenir, dit
M. Burton ; il faut la calmer, autant pour vous
que pour elle-même. Vous avez vraiment l'air
épuisé.

— Eh bien! docteur, dit Mme Walton au moment où M. Burton entrait dans sa chambre, quand me signez-vous ma feuille de route? Je suis tout à fait bien, vous savez, et je ne veux pas vous être plus longtemps à charge.

— Oui, vous pourriez en effet être tout à fait bien; mais si vous continuez comme vous le faites depuis quelques jours, vous serez tout à fait mal. Votre excellente garde, et vous conviendrez vous-même qu'elle a été admirable de patience près de vous, me dit que vous devenez impossible à soigner. Je m'aperçois, moi aussi que vous vous agitez d'une manière ridicule, et je dois vous dire franchement, que vous compromettez votre guérison.

Lydia Walton garda un instant le silence, puis, d'une voix tremblante d'émotion, elle reprit :

« Je le sais, je suis une idiote; et je vous récompense bien mal tous deux de toute la peine que vous avez prise avec moi; mais je ne puis être autrement. J'ai des soucis, des ennuis qui suffiraient pour faire perdre la tête à une femme en bonne santé: comment pourrais-je y résister, faible comme je le suis et clouée dans ma chambre par ma terrible blessure?

— Si vous vouliez nous confier vos soucis, peut-être pourrions-nous vous venir en aide; mais vous ne dites rien.

— Non, je garde tout pour moi. Je l'ai fait ainsi toute ma vie; peut-être aurais-je mieux fait parfois de me confier à quelqu'un et de demander conseil; mais mon orgueil me ferme la bouche.

— Si vous ne voulez pas parler, je ne puis vous y forcer, mais je ne puis pas non plus vous aider, dit le docteur.

— Vous vous trompez, car d'un seul mot vous pouvez me rendre un grand service. Permettez-moi de sortir? c'est tout ce que je vous demande.

— Sortir! Quand depuis plus de six semaines nous vous avons confinée soigneusement dans votre chambre?

— C'est justement pour cela que j'ai plus besoin que jamais de sortir... il faut que je sorte, et... je sortirai.

— Du moment où vous le prenez sur ce ton, je n'ai plus rien à dire, répondit le docteur en haussant les épaules.

— Oh! pardonnez-moi! pardonnez-moi! s'écria la pauvre femme. Je ne le ferai pas, et, si vous saviez de quelle importance est ma sortie, vous me comprendriez. Écoutez-moi, continua-t-elle en baissant la voix, je voudrais voir quelqu'un; il y va peut-être de la vie ou de la mort.

— Mais il est impossible que vous sortiez, reprit M. Burton. Personne ne peut-il vous remplacer? Au moins il y aurait moins de mal pour vous, quoique l'état d'anxiété dans lequel vous vivez vous soit très nuisible.

— Non, personne ne peut me remplacer; laissez-moi aller; ce n'est pas loin, seulement à Kensington.

— Est-ce un homme ou une femme que vous voulez voir?

— Je n'en sais rien.

— Comment? Vous n'en savez rien? Et vous dites que cette entrevue est d'une importance capitale!

— Oui, je maintiens ces deux assertions; il faut absolument que je la ou le voie. Cela vous paraît louche, et vous n'avez pas tort; mais, comme je ne sais pas mentir, je vous dis carrément : Je ne connais pas la personne en question. »

Il y eut un silence de quelques instants; enfin Clément Burton reprit :

« Tout ce que je puis dire, c'est que je ne puis pas vous permettre de sortir; dans d'autres circonstances je serais peut-être moins sévère; mais vous ne m'avez pas assez bien prouvé l'absolue nécessité de votre sortie pour que je puisse vous laisser courir un grand danger.

— Très bien, répondit-elle, exaspérée; mais vos devoirs professionnels ne vont pas, je suppose jusqu'à vous obliger de m'enfermer à clef contre mon gré. Dès lors, je suis libre de sortir.

— Réfléchissez une minute, Lydia, continua le docteur en posant sa main sur son bras. Quelle raison pourrais-je bien avoir pour vous retenir à la maison, si ce n'était l'état de vos blessures? Vous devez reconnaître que nous ne vous avons pas volontairement contrariée pendant votre maladie, et vous comprenez que je sois peiné, lorsque vous approchez de la guérison, de vous la voir compromettre par vos caprices et votre entêtement.

— Je sais tout ce que vous avez fait pour moi, et je vous assure que je ne suis pas ingrate; mais dans ce moment vous n'êtes pas bon pour moi. Il faut que je sorte, et je sortirai.

— Vous répétez sur tous les tons, comme le sansonnet de Sterne : « Il faut que je sorte, il faut que je sorte! » et vous ne me donnez pas la raison de ce « il faut ». Croyez-vous que je puisse admettre votre conte à propos d'une personne mystérieuse qu'il faut voir et que vous ne connaissez même pas? Pourquoi n'avoir pas plus de confiance en moi?

Eh bien! oui, j'aurai confiance en vous, reprit Lydia, après un moment d'hésitation. Et, quoique vous puissiez croire que je vous ai fait un conte bleu je vous assure que je vous ai dit la vérité vraie. Je sais que je puis me fier à vous, et j'ai été ridicule de vouloir vous cacher quelque chose. Voici donc de quoi il s'agit : J'ai vu l'autre jour dans le journal un avis adressé à quelqu'un, à une femme, — vous voyez que je ne biaise pas cette fois-ci, à une femme — que je connais beaucoup. C'est pour répondre à cet avis que je voudrais sortir. Il faut aller à Kensington. L'avis est signé G. M. Voilà tout ce que je sais de l'affaire. »

Clément Burton fut stupéfait de cette révélation ; il n'avait jamais songé, pas même une seconde, que sa malheureuse cliente pouvait avoir le moindre rapport avec les inquiétudes de Mlle Middleham. Rien n'avait pu le mettre sur la voie, car les descriptions que Grace lui avait plusieurs fois faites de son amie ne se rapportaient en aucune manière à Mme Walton. La femme qu'il avait sous les yeux devait être beaucoup plus âgée que Mlle Studley. Ce n'était certainement pas l'Anne tant regrettée et tant cherchée. Le mystère qui enveloppait toute cette affaire, et Lydia elle-même, ne pouvait être dissipé qu'en mettant les deux personnes en présence. Peut-être Mme Walton, une fois au courant des motifs qui faisaient agir Mlle Middleham, aurait-elle confiance en elle pour lui donner les renseignements et les explications nécessaires à la solution de ce problème indéchiffrable.

— A quoi pensez-vous, docteur? Vous me regardez comme si j'avais un œil au milieu du front. Votre visage est si sombre, que vous devez rumine des pensées bien sérieuses.

— Je vais vous communiquer le résultat de ma méditation, répondit Clément en riant, et, comme le proposent les juristes dans les cas embarrassants, nous ferons un compromis. Vous êtes entêtée, moi aussi. Vous voulez sortir, je ne le veux pas. Eh bien ! je vais trancher la difficulté. J'irai moi-même à Kensington ; je verrai ce ou cette G. M. ; je lui exposerai la cause, et je lui demanderai de venir ici avec moi, pour causer avec vous.

— Vous feriez cela? s'écria Lydia radieuse. Alors vous êtes la perle des docteurs, et c'est tout ce que je puis attendre de vous. Je n'ai pas envie de sortir ; bien au contraire, je le redouterais. La tête me tourne dès que j'essaye de bouger, mais il est de toute importance que je voie ce ou cette G. M. Peut-être vous dirai-je quelque jour pourquoi. Si vous l'amenez ici afin que je puisse m'assurer par moi-même de ce qu'il ou elle me veut, vous me rendrez un service, dont je vous serai à jamais reconnaissante. Appelez maintenant la bonne Mme Gaynor, et dites-lui que vous m'avez trouvé douce comme du miel et que je ne lui donnerai plus de peine.

— Lui avez vous en quelque manière expliqué votre agitation de ces jours derniers ?

— Non, et promettez-moi de n'en rien dire non plus. J'ai eu assez de mal à écrire cette lettre sans qu'elle le sache, et, comme il me paraît probable qu'elle ne produira aucun effet, il vaut mieux ne pas ennuyer la garde de toutes ces misères. Elle a bien d'autres préoccupations que les G. M.

— Ainsi soit-il! vous pouvez m'attendre demain à l'heure ordinaire, et, à moins que je ne sois un ambassadeur bien maladroit, je suis à peu près certain de ne pas revenir seul. »

Pour plusieurs raisons, inutiles à énumérer, M. Burton ne crut pas nécessaire d'informer Mlle Middleham que sa cliente de Bloomsbury et l'auteur de la réponse à son avis étaient une seule et même personne. Aussi lui demanda-t-il simplement si elle serait disposée le lendemain à l'accompagner chez Mme Walton, dont il lui avait si souvent parlé.

Grace y consentit volontiers.

« Vous ferez là une nouvelle étude, dit le docteur, car je ne suppose pas que vous vous soyez jamais trouvée en contact avec des actrices ou cantatrices ?

— Jamais; quand nous vivions à la place d'Eaton, Mme Crutchley m'a bien présenté quelques comédiens en renom, mais jamais je ne leur ai même parlé.

Clément Burton avait provoqué cette réponse pour savoir si Anne Studley n'avait peut-être pas eu une sœur plus âgée qu'elle et qui aurait été actrice; dans ce cas, l'identité de Lydia Walton aurait été facile à constater.

Le docteur attendait Grace à la porte de Mme Walton, quand la jeune fille descendit de voiture.

« Je ne suis pas encore monté , dit-il en lui offrant la main, mais je ne doute pas que nous ne soyons attendus. Vous allez donc connaître « cette fascinante Mme Walton », comme on l'appelait, et vous la trouverez bien changée par les souffrances qu'elle a endurées depuis six semaines.

— Et vous oubliez, ajouta Grace malicieusement, que je verrai aussi quelqu'un d'autre, plus fascinant encore, s'il faut en croire M. Channell ; et je crois presque que des deux celle que je suis le plus impatiente de voir, c'est la sœur Gaynor.

— C'est la meilleure et la plus sainte créature du monde, » répondit le docteur, en montant l'escalier.

Arrivés au second étage, ils sonnèrent. La porte fut ouverte par Mme Gaynor, qui s'avançait avec son sourire habituel, quand elle tressaillit vivement à la vue de Mlle Middleham ; celle-ci poussa un cri, et jetant ses bras autour du cou de la garde :

«Anne, Anne, enfin je vous retrouve! » s'écria-t-elle.

Et elle fondit en larmes.

Depuis des mois, Clément Burton connaissait et admirait la sœur Gaynor ; il aurait pu la ramener dans les bras de son amie, et il n'avait pas un instant soupçonné qu'elle fût cette Anne Studley, qui avait si mystérieusement disparu. Il savait pourtant qu'il y avait un secret douloureux dans l'existence passée de la garde, et jamais il n'avait fait le moindre rapprochement. En y réfléchissant pendant que les deux amies échangeaient leurs caresses, il se demandait encore comment l'existence de Lydia Walton pouvait en quelque manière être liée à celle d'Anne. Mme Walton regardait avec stupéfaction la reconnaissance des deux jeunes filles ; évidemment elle ne s'y attendait pas et n'y comprenait rien.

« M'expliquerez-vous enfin ce que tout cela veut dire ? s'écria-t-elle en s'adressant à Clément Burton. Je suppose que c'est vous qui avez amené cette dame qui menace d'étouffer ma garde, en sorte que vous pourrez au moins me dire qui elle est ?

— Ne vous agitez pas, murmura doucement le docteur.

— Ne pas m'agiter ! Comment voulez-vous qu'il en soit autrement ? Vous m'avez assurée hier que vous étiez tout disposé, par amitié pour moi, et pour ménager votre malade, à m'amener une personne que j'ai besoin de voir, et quand elle arrive, sans crier gare, elle se jette au cou de sœur Gaynor et fait une scène des plus émouvantes.

— Je vais m'expliquer, dit Anne en se rapprochant de la chaise longue de la malade, du moins autant que cela me sera possible. Cette dame est la personne que j'aime le plus au monde ; nous sommes séparées depuis longtemps, et c'est tout à fait par hasard qu'elle m'a découverte ici. Ne vous étonnez donc pas si nous sommes si heureuses de nous retrouver.

— C'est au contraire tout naturel, répondit la

cantatrice ; mais ce que je veux savoir, c'est si madame est G. M.

— Certainement ce sont ses initiales, dit Anne, étonnée de la question.

— Il vaut mieux nous expliquer tout de suite, interrompit M. Burton, car Grace allait prendre la parole. Si vous aviez eu plus de confiance en moi, sœur Gaynor, j'aurais peut-être pu vous venir en aide, car Mlle Middleham m'avait depuis longtemps mis au courant de ce qui vous concerne. Mais, vous connaissant comme je le fais, votre réserve ne me surprend pas. Bien des événements se sont passés depuis quelques mois, et le récit vous en sera sans doute pénible.

— J'avais le pressentiment qu'il allait m'arriver un nouveau malheur, dit Anne ; mais je suis préparée à tout. Qu'avez-vous à m'annoncer ?

— Votre père, le capitaine Studley, est mort.

— Mort ! répéta Anne, se cachant le visage.

— J'ai été près de lui presque jusqu'à son dernier soupir, ma chérie, murmura tendrement Mlle Middleham. Il m'a reconnue ; il a su combien nous nous aimions. Il m'a raconté beaucoup de choses. Il m'a avoué que vous étiez la femme de Georges Heath !

— Il en a menti alors ! s'écria Lydia Walton, qui écoutait attentivement ce dialogue. Le sachant et le voulant, il a menti ! C'est moi qui suis la femme de Georges Heath ! *Moi*, et personne d'autre. »

CHAPITRE XIV

LES LÈVRES DESCELLÉES

L'exclamation de Lydia tomba comme un coup de foudre. Clément Burton fut le premier à se remettre.

« Savez-vous bien ce que vous dites? s'écria-t-il. Savez-vous seulement de qui il est question? Vous vous donnez pour la femme de Georges Heath; qui est-il? Quelle est sa position?

— Je n'ai pas pensé un instant que je pouvais me tromper, répondit Mme Walton; ce nom est si familier à mes oreilles, que je n'ai pas songé qu'il pouvait être porté par plusieurs personnes. Le Georges Heath qui est mon mari était caissier dans la banque de M. Middlcham.

— Parlez-nous de lui, reprit le docteur, en voyant l'expression anxieuse du visage d'Anne. Quand vous êtes-vous mariée?

— Il y a de longues années de cela ; nous étions tous deux jeunes, pauvres et heureux. Heureux pour un temps, mais cela ne dura pas ; je crois que le bonheur ne dure jamais.

— Et vous l'avez quitté ?

— Non ; jamais je ne l'aurais abandonné ; je lui serais restée attachée toute ma vie, quoiqu'il me traitât comme une esclave et me battît comme un chien. Je n'y faisais pas attention. Je serais restée quand même. C'est lui qui m'a laissée...

— Et qu'êtes-vous devenue depuis lors ? demanda Grace Middleham.

— Peu vous importe ! répondit aigrement Lydia. Cela ne regarde personne. Toutes ces questions me prouvent que je ne me suis pas trompée et que le Georges Heath dont on parle est bien mon mari.

— Vous avez raison, et vous nous avez rendu un fameux service en nous le découvrant.

— Vraiment ? Ne croyez pas pourtant que j'aie eu l'intention de le faire. Ah ! ah ! c'est ainsi que mon volage époux s'est amusé depuis qu'il m'a abandonnée, et cette patiente et parfaite sœur Gaynor est Mme Heath numéro deux ! Il paraît toutefois qu'il ne lui a pas non plus été très fidèle, sans quoi elle ne serait pas dans la position où nous la voyons.

— C'est un affreux misérable que cet homme,

s'écria Grace indignée. Il porte partout avec lui la honte et l'infamie.

— Je n'en doute pas, reprit Lydia. Je ne me suis jamais figuré qu'il y eût de l'ange dans son caractère; mais je l'aimais, malgré cela, je l'aimais de toute mon âme, et si, après m'avoir repoussée, il avait épousé une femme riche qui l'aurait aimé, je me serais plutôt coupé la langue que de le dénoncer, ou même d'avouer la moitié de ce que je vous ai dit.

— Il faut qu'il ait été bien séduisant, remarqua Clément Burton à ses compagnes.

— Séduisant! riposta Lydia, qui avait entendu ces derniers mots. Vous dites cela sans doute parce qu'il avait su gagner les bonnes grâces de votre protégée, madame Gaynor. Il faut en effet qu'il ait été séduisant, car sans cela jamais je ne lui aurais été dévouée comme je l'ai été, comme je le suis encore à ce moment. Que m'importe à moi le lien du mariage? J'ai trop roulé dans ce monde pour être aussi mijaurée que cela!

— Est-ce vous alors qui avez répondu à l'avis du *Times?* interrompit Grace.

— Sans doute. Je l'ai vu dans le journal, le matin où je l'ai envoyée — Lydia indiquait Anne du doigt — se promener. J'avais besoin d'être seule pour réfléchir; je ne doutais pas que ces quelques lignes ne me fussent adressées, et adressés par lui. Je pen-

sais qu'il avait besoin de moi, et je voulais le rè-
joindre, à quelque prix que ce fût. Il s'est conduit
comme une brute à mon égard; mais il n'y a aucun
sacrifice que je ne sois prête à faire pour lui. »

Anne restait immobile, étourdie par ce qui venait
de se passer; elle avait retrouvé son amie si longtemps perdue; elle savait que le malentendu qui
les avait divisées était dissipé, elle comprenait
surtout, par la révélation qui venait d'être faite,
que l'épouvantable union à laquelle elle avait été
condamnée, et qui l'avait si longtemps écrasée de
honte et de douleur, n'avait jamais été réelle, et
que désormais elle était libre de parler et d'agir
suivant les inspirations de sa conscience. Elle sentait tout cela, mais le sentiment de sa délivrance
n'était pas complet : elle restait étonnée, stupéfiée,
comme plongée dans un rêve.

La voix de Grace la réveilla en sursaut :

« Je vous ai déjà dit, ma chérie, que c'est votre
père lui-même qui m'a appris que vous étiez la
femme de Heath; mais il n'a pas eu la force de me
raconter dans quelles circonstances vous avez été
mariée, et j'ai plus de peine que jamais à les comprendre.

— Votre ami M. Burton n'a-t-il pas parlé tout à
l'heure de la fascination que Georges exerçait sur
tous ceux qui le connaissaient? dit Lydia d'un air
narquois. Je ne vois donc pas ce qu'il y a de sur-

prenant à ce que cette dame, que j'appellerai encore sœur Gaynor, puisque je ne sais pas son vrai
nom, n'ait pas échappé au sort de tant d'autres.
Ce qui me surprend davantage, je l'avoue, c'est
que Georges ait pu la choisir, car de mon temps
Georges avait peu de goût pour les simples et les
ingénues.

— Je ne suis pas devenue la femme de M. Heath
de mon plein gré, dit Anne, en se tournant du côté
de Mme Walton. J'ai été contrainte à l'épouser.

— Par qui? demanda Grace tendrement.

— Par mon père et par M. Heath.

— C'est vrai, je me rappelle que vous m'avez dit
plusieurs fois que le capitaine Studley et M. Heath
avaient eu souvent des affaires ensemble.

— Ils ont eu des rapports depuis de longues années, reprit Anne, et ce fut pour les sauver des
suites d'un crime dans lequel ils étaient tous deux
compromis que j'ai consenti à ce mariage.

— Et sacrifié ainsi votre bonheur et votre avenir
tout entier, ma pauvre chérie! dit Grace en l'em-
brassant.

— C'était mon devoir, répondit Anne avec simplicité, et je l'ai rempli jusqu'au bout.

— De quel crime parlez-vous? demanda M. Burton. Il fallait qu'il fût bien grave pour réclamer une
pareille expiation.

— Je ne puis pas vous le dire, ni ici, ni dans ce

moment. Je ne dois pas parler encore; mais le temps viendra où je pourrai m'expliquer. Et, ajouta Anne en joignant les mains et en regardant au ciel, je bénis Dieu de ce qu'il me permettra de venger le sang innocent.

— De venger le sang innocent! répéta Grace, très émue.

— Votre projet de vengeance se rapporte-t-il à Georges Heath? demanda Lydia avec anxiété.

— Je ne puis que redire mes paroles : venger le sang innocent! Il n'y a plus de sceau sur mes lèvres. Je n'ai jamais été la femme de Georges Heath! »

Ces mots furent prononcés avec tant de solennité et d'une voix si vibrante, que Grace en fut visiblement impressionnée. Elle, d'ordinaire si calme et si maîtresse d'elle-même, se sentait envahie par un soupçon qui grandissait de minute en minute; elle sentait que le moment approchait où elle allait découvrir comment et pourquoi son oncle avait été assassiné. Elle n'avait jamais pu arrêter sa pensée sur ce crime abominable sans frémir d'horreur, et ne cessait de faire des vœux pour que les coupables fussent un jour découverts. Dès l'instant où Anne avait parlé d'un crime commis par Heath, Grace s'était dit que lui, et lui seul avait pu si lâchement assassiner son oncle; mais, au moment de voir ses soupçons confirmés, elle aurait donné tout au monde pour retarder cette révélation.

Clément Burton avait suivi avec un grand intérêt la scène étrange qui venait de se passer sous ses yeux, et, avec son calme bon sens, il voyait quel était le chemin à suivre. Il savait de longue date que Lydia Walton était passionnée, emportée, sans modération ; mais elle avait montré dans ses réponses à Mlle Studley un amour si vrai, un dévouement si complet à son mari, qu'il en était surpris. Il comprenait qu'elle prendrait en mains les intérêts de Heath et saurait déjouer tous les projets de ses ennemis. Dès lors, moins elle serait au courant de ce qu'ils pensaient ou de ce qu'ils voulaient faire, mieux cela vaudrait. La première chose était de séparer ces trois femmes ; car, si Mlle Studley et Lydia l'intéressaient vivement, il n'oubliait pas Grace, qui était épuisée par toutes ces émotions diverses ; il croyait que le meilleur calmant pour elle serait un long tête-à-tête avec Anne, dans lequel elles pourraient échanger leurs confidences.

« Je crois, dit alors M. Burton, que nous ferons mieux pour aujourd'hui d'en rester là. J'ai seulement à cœur de vous assurer, madame Walton, que lorsque je vous ai promis de vous amener cette G. M., que vous désiriez tant connaître, je ne savais pas *qui* était Mme Gaynor. Je savais bien que Mlle Middleham avait fait insérer un avis dans le *Times*, et que vous aviez répondu, et je supposais que vous pourriez lui donner quelque indication précieuse. Vous savez l'une et l'autre, maintenant, à quoi vous en tenir, et vous pourrez vous retrouver, s'il en est besoin.

— Je vais emmener Anne avec moi, si vous le permettez, dit Grace tout bas ; après l'avoir retrouvée, je ne puis me séparer de nouveau d'elle. J'ai tant à raconter et tant à apprendre !

— Si elle consent à vous accompagner, ce dont je ne doute pas, je m'engage à lui trouver une remplaçante, répondit le docteur.

— Mais je ne voudrais pas laisser ma patiente sans être au moins sûre de la personne qui me succédera, dit Anne ; Mme Walton ne saurait rester seule ; mon premier devoir me retient auprès d'elle.

— Ne vous inquiétez pas de moi, sœur Gaynor, s'écria Lydia. Je n'oublierai pas combien vous avez été bonne et patiente pour moi, et vous me pardonnerez, j'espère, ce que j'ai dit qui pouvait vous faire de la peine. Allez avec votre amie ; je puis très-bien me passer de garde pour quelques heures.

— Et vous êtes aussi une bonne et aimable femme quand vous le voulez, reprit M. Burton, mais vous ne pouvez rester seule. Laissons partir ces deux dames ensemble, puis nous prendrons nos arrangements à nos deux.

— Comme vous voudrez ; mais je crois que, quelle que soit la garde que vous me donnerez après Mme Gaynor, je la trouverai ennuyeuse et maladroite. Je crois vraiment que je pourrais me tirer d'affaire toute seule ; mais il en sera comme vous déciderez.

— Votre voiture est encore à la porte, mademoiselle Middleham ; emmenez donc Mlle Studley. Je vous rejoindrai plus tard.

— Notre entrevue s'est terminée bien autrement que je ne m'y étais attendue, dit Grace à Mme Walton ; mais l'intérêt que je vous portais, d'après ce que M. Burton m'avait dit de vous, n'a fait que s'accroître. Si je puis vous être utile, usez de moi ; je serai toujours heureuse de me mettre à votre service.

— Je vous suis bien reconnaissante, répondit Lydia avec une indifférence marquée ; je suis sûre que vous avez de bonnes intentions ; mais je suivrai ma route, qui n'est pas la vôtre, et sans doute nous nous verrons peu. — Adieu, sœur Gaynor ! merci mille fois encore de toutes vos bontés ! Je suis votre débitrice, ce que je déplore ; ou plutôt j'aurais voulu que vous ne vinssiez pas vous mettre entre moi et l'homme que.... oui, que j'aime encore. Mais ce n'est pas votre faute. Adieu ! »

C'est ainsi que les deux amies firent leurs adieux. Mais, au moment de partir, Anne se pencha sur la malade et l'embrassa doucement sur le front ; Lydia, surprise, haussa les épaules, mais les larmes lui montèrent aux yeux.

M. Burton mit ces dames en voiture, et, quand il vint rejoindre Mme Walton, il la trouva dans des dispositions bien plus douces : une expression d'angoisse et de sérieuse inquiétude avait remplacé sa colère et sa dureté.

« Maintenant que nous sommes seuls, dit-elle, nous pourrons nous entendre et parler comme des gens raisonnables ; ces deux jeunes filles ne connaissent rien du monde et n'ont aucune expérience. J'en ai acquis au prix de bien des souffrances, et ceci me ramène au sujet qui me préoccupe et pour lequel je compte sur votre secours.

— Que désirez-vous ?

— Que vous me disiez où je puis trouver mon mari, Georges Heath. Il est bien le mien, c'est hors de doute, et même cette assurance me semble tirer notre amie Gaynor d'un joli pétrin ; et vous qui vous intéressez tant à elle, vous devez être si content de moi, que vous consentirez à faire tout ce que je vous demanderai.

— Je ne demande pas mieux que de vous venir en aide ; nous n'avons pas besoin de discuter quels sont les motifs qui me font agir.

— Dites-moi donc tout ce que vous savez sur Georges.

— Je puis vous renseigner mieux que personne, car j'ai reçu des informations sur son compte ces jours-ci. De caissier, il est devenu gérant de la banque Middleham. Il a donné sa démission il y a quelques mois.

— Pourquoi ? Cela ne lui ressemble pas, de quitter une bonne position... à moins qu'il n'en eût trouvé une meilleure.

— C'est ce qu'on croyait aussi dans la Cité, mais il n'a fait part de ses raisons à personne. On sait seulement qu'il a donné sa démission et qu'il est parti pour un voyage lointain qui a duré plusieurs mois. Il est revenu tout dernièrement en Angleterre et vit dans une profonde retraite.

— Où ? connaissez-vous son adresse ?

— Dans un village au bord de la Tamise, à vingt-cinq ou trente kilomètres de Londres, à Loddonford. Il habite seul dans une maison isolée.

— Loddonford ? comment y arrive-t-on ?

— Par le chemin de l'Ouest. Je vais vous écrire l'adresse. »

Mais, pendant que le docteur écrivait, il releva la tête vivement et reprit :

« Vous voyez, Lydia, je vous obéis ; mais il ne faut pas que vous profitiez de ma faiblesse pour lui écrire vous-même ; ce serait trop fatigant pour votre bras.

— Quel mal cela lui ferait-il si je lui écrivais ?

— Vous ne sauriez calculer le tort que vous pourriez lui faire, et, quoique toute cette excitation paraisse vous remonter et vous donner des forces, votre pouls me dit qu'il y aura une réaction et que ce soir vous payerez les efforts que vous venez de faire.

— Ne vous inquiétez pas de moi, mais de lui.

— D'après ce qu'on m'a dit, il est sérieusement malade, vieilli d'extérieur et très-abattu. Il vit tout seul, sans une occupation pour le distraire ; c'est une vraie ruine au physique et au moral, l'ombre de ce qu'il était jadis.

— Me dites-vous la vérité ? reprit Lydia le visage contracté par l'émotion. Pauvre ami ! pauvre ami !

— Vous avez compris, n'est-ce pas ? que je vous défends, vous entendez, *je vous défends* d'écrire, si peu que ce soit. Vous me le promettez ?

— La nécessité fait la loi, comme dit le proverbe ; non que vous ayez jamais été bien exigeant pour moi : vous avez toujours été le meilleur et le plus soigneux des docteurs, un véritable ami pour moi, pendant ces longues semaines d'épreuve. Là, dit-elle en se penchant brusquement et en effleurant de ses lèvres la main de M. Burton ; jamais je n'avais encore embrassé la main d'un homme.

— Et vous n'auriez jamais dû le faire ; je vous en aurais empêchée si j'avais pu deviner votre intention, répondit Clément en rougissant; adieu ! je vais passer à Saint-Vitus pour choisir la remplaçante de Mme Gaynor. Je vous l'enverrai avant la nuit, et je vais prier votre hôtesse de veiller sur vous pendant que vous serez seule.

— Merci ! cela ira très-bien. Mme Frost est habituée à moi et me donne tout ce qui m'est nécessaire.

— Bonsoir ! je reviendrai demain matin ; j'espère que l'agitation de la journée ne vous aura pas fait de mal et que je vous retrouverai en bonne voie. »

Mme Walton le regarda sortir, et la porte s'était refermée qu'elle ne quittait pas cette direction des yeux.

« Me retrouver en bonne voie ! murmura-t-elle. Vous ne me retrouverez plus du tout, mon bon ami ; vous ne me reverrez jamais. C'est une triste pensée, car vous avez été un ami bien dévoué, mais j'ai besoin de toute mon énergie pour sauver celui qui m'est plus cher que la vie. Cette Gaynor a une mobilité de visage qui l'a trahie ; j'ai lu dans ses yeux ce qu'elle voulait faire. Elle a parlé de vengeance, de « venger le sang innocent. » Je ne sais pas ce que cela veut dire ; mais je sais, j'ai senti, que c'était mon Georges qu'elle menaçait. Il l'a maltraitée comme il m'a maltraitée moi-même, et c'est sur lui qu'elle veut se venger. Mais elle aura à faire à moi, et ses plans seront déjoués. Je vais aller moi-même à cette adresse que M. Burton m'a donnée ; quelque malade que soit Georges, il aura toujours la force de fuir ; il partira avant qu'on vienne l'arrêter. Pourvu qu'il veuille me croire, qu'il comprenne quel danger imminent le menace !

Oh! pourvu qu'il veuille partir sans délai! Et s'il refusait? Alors que son sang retombe sur sa tête! Mais je dois tenter un effort suprême. »

Lydia tira la sonnette, et Mme Frost toute souriante répondit à l'appel.

« J'attendais que vous m'appeliez, ma chère, dit-elle en saluant; deux minutes de plus et je venais voir ce que vous faisiez. Votre charmant docteur, (quel élégant et aimable jeune homme!) est entré chez moi, il m'a appris que sœur Gaynor était partie, et il m'a priée de prendre soin de vous jusqu'à l'arrivée de la nouvelle garde.

— Je vous remercie Madame Frost, je préfère votre société à celle de toutes les gardes du monde; nous nous convenons toutes deux à merveilles, tandis que ces sœurs, ou je ne sais comment elles s'appellent, sont parfois assommantes. Tenez! Prenez ma clef, et servez-vous un peu de ce vieux vin que vous appréciez si fort ».

Mme Frost fit une nouvelle révérence, prit la clef qu'on lui offrait et plaça devant elle sur la table un verre et une bouteille; la première libation eut pour effet de lui délier la langue; mais à la seconde elle commença à devenir moins loquace, et enfin à la troisième sa tête tomba lourdement sur ses bras. Elle dormait du plus profond sommeil.

Il y avait une épidémie qui sévissait sur la ville de Londres, à ce moment-là; aussi M. Burton eut-il grand'peine à trouver une garde tant soit peu convenable et ce ne fut pas sans hésitation et sans une certaine appréhension qu'il envoya à Mme Walton une femme déjà un peu âgée, à l'air pesant et endormi. Il était tard quand elle arriva à Bloomsbury, et la porte lui fut ouverte par une petite domestique.

« Je suis bien contente que vous soyez venue, dit la petite soubrette, car madame est un peu indisposée (je crois qu'elle a trop bu), et je suis seule dans la maison.

— Toute seule? répéta la garde. Et Mme Walton?

— Oh! elle est sortie il y a deux heures en disant qu'elle allait rentrer, et je ne l'ai pas vue revenir. J'ai eu tant de peine à la faire descendre et à la mettre en voiture!

— Je pense qu'elle ne tardera pas à rentrer, dit la garde; je vais monter dans sa chambre, et je l'attendrai. »

Quand le docteur Burton vint le lendemain matin pour voir sa cliente, il apprit qu'elle était partie la veille au soir et qu'on ne l'avait pas revue. Il monta quatre à quatre et se trouva en face de la garde, qui tricotait paisiblement.

CHAPITRE XV

UN PAS SUR L'ALLÉE GRAVELÉE

Les renseignements que le docteur Burton avait obtenus sur le compte de M. Heath étaient à peu de chose près exacts.

Il s'était, en effet, retiré dans le cottage isolé et solitaire de Loddonford ; il y vivait séquestré de toute relation, ne voulait voir personne, malade, — et d'une maladie dont nul ne soupçonnait la nature et l'intensité. On disait tout bas qu'il était fou, et on n'était pas éloigné de la vérité.

Jour après jour, il vivait dans cette maison isolée, au milieu de ce jardin plus négligé que jamais, ne dépassant sous aucun prétexte les murs extérieurs, fasciné par la proximité de ce petit étang qui dormait sous les arbres sombres et dont il distinguait les contours de sa fenêtre. Il restait des heures entières l'œil fixé dans la direction de l'eau ; parfois il voyait les corbeaux voltiger au-dessus et s'arrêter un instant en poussant leur cri lugubre ; il se disait alors que le corps de Danby devait être remonté à la surface, que son crime allait être découvert, qu'on allait l'arrêter. Si les journées étaient longues et pénibles. que dirons-nous donc de l'angoisse de ses interminables nuits? Si parfois, vaincu par la fatigue, il parvenait à s'endormir, des cauchemars affreux troublaient son sommeil, et il se réveillait couvert d'une sueur froide, se croyant déjà sur l'échafaud ; il sautait à bas du lit et courait à la croisée; là-bas, dans le lointain, il voyait la pièce d'eau, dont la surface, ridée par le vent, lui semblait s'entr'ouvrir pour laisser remonter le cadavre...

Chose étrange à dire ! le meurtre de ce jeune homme tourmentait infiniment plus la conscience de Georges Heath que tous les autres crimes qu'il avait commis. Il avait passé plusieurs années dans la maison de banque ; il était entré maintes fois dans la chambre où le vieux Middleham s'était jeté à ses pieds et l'avait supplié de l'épargner; il avait presque épousé la nièce de cet homme qu'il avait assassiné, tout cela sans hésitations, sans remords, tandis que le souvenir de Danby le poursuivait sans relâche, ne lui laissant pas un instant de repos, ni le jour ni la nuit.

S'il avait pu du moins communiquer à quelqu'un les horribles pensées qui le tourmentaient, les hallucinations auxquelles il était en proie ! Mais non ; le seul homme au monde à qui il eût pu raconter ses angoisses aurait été Studley, et il était mort ! En apprenant la fin du capitaine, Heath s'en était réjoui, car il était ainsi débarrassé de son complice, et cette assurance était un soulagement. Mais, au bout de peu de jours, cette satisfaction lui fut enlevée ; son besoin d'épanchement revint plus fort que jamais, il étouffait sous le poids de son horrible secret, il aurait voulu à tout prix que quelqu'un l'aidât à porter ce fardeau écrasant. Mais Studley était mort, et lui, l'homme fort, l'homme qui n'avait jamais connu l'hésitation ou la crainte, il sentait que peu à peu la vie et la raison l'abandonnaient.

C'était le soir même où nous avons vu la nouvelle garde s'installer à Bloomsbury en attendant sa cliente. Le profond silence de la nuit n'était interrompu que par le pas lourd et aviné de quelque villageois attardé, qui quittait en chancelant l'auberge de Loddonford. Le silence était plus profond encore autour du cottage et à l'intérieur ; assis près d'une fenêtre ouverte, dans cette même chambre où Danby était mort, Georges Heath, la tête soutenue par l'une de ses mains, regardait dans le vague et cherchait à percer l'obscurité. Il était là,

immobile, attendant, attendant toujours ; quoi ? Il
ne le savait pas lui-même, mais il n'aurait pu
quitter sa place. Il avait éloigné les bougies qui
brûlaient sur la cheminée, et ses yeux plongeaient
dans la nuit noire. Tout d'un coup il releva la tête.
Il ne se trompait pas ; le loquet de la porte avait
bougé, on marchait sur le gravier... Quels visiteurs
pouvaient venir à cette heure tardive? Lesquels, en
effet, sinon les agents de police qu'il attendait et
redoutait depuis si longtemps? La sueur perlait sur
son front; sa respiration devint courte et précipitée.
Silence ! Non, ce n'est pas la démarche pesante
d'un homme, c'est le pas léger d'une femme qui
effleure à peine le sol; elle s'approche de la fenêtre
et s'arrête.

Georges Heath tressaille, se recule, serre son
front dans ses mains, comme s'il pouvait ainsi
retenir sa raison qui lui échappe ; il se demande si
c'est une nouvelle illusion de son cerveau malade.
Mais non, c'est bien une femme qui est là, qui
lui tend les mains, dont un des bras est entouré
de bandages, une femme qui d'une voix douce et
vibrante prononce son nom: « Georges. » Il se lève,
mû par un ressort ; les mauvais traitements, la
misère, la faim, l'abandon, n'ont pas altéré les sons
de cette voix, et il la reconnaît sans hésitation.

« Chut ! reprit-elle; me reconnais-tu ? C'est moi...
Lydia !

— Je le savais, murmura-t-il en la regardant d'un air étonné. Que me veux-tu ?

— Je suis venu t'avertir et te sauver ; laisse-moi entrer, ou il sera trop tard. Tu hésites ?... douterais-tu de moi ? tu devrais mieux me connaître, Georges, et ne pas supposer un instant que je puis te vendre ; laisse-moi entrer.

— Tu as raison ; je suis un insensé de te soupçonner. La porte est là à droite ; je vais t'ouvrir ; mais faisons doucement, afin que la domestique ne nous entende pas. »

Lydia entra et tomba épuisée sur une chaise ; elle était faible, maigre, exténuée.

« Tu as eu un accident, dit Heath en montrant le bras endommagé, et tu vas te trouver mal. Laisse-moi te donner un peu de vin.

— Non, non ; pas encore, dans un moment seulement. Écoute d'abord, ce que j'ai à te dire. Je suis venue te sauver, te dis-je, t'avertir et te sauver !

— De quoi ?

— De quoi, répéta-t-elle avec un sourire forcé, mais d'une femme sans doute. J'ai entendu ,... n'importe où ni comment, une femme menacer de se venger de toi ?

— Une femme ! Quelle femme ?

— Je ne sais pas son nom, car je la connaissais sous un nom qui n'était pas le sien. Elle se disait ta femme, mais elle mentait, et je le lui ai dit.

— Diable ! murmura Heath entre ses dents. Décris-la-moi, comment était-elle ?

— En as-tu donc tant eu que tu sois embarrassé de savoir de qui il s'agit ? répondit Lydia amèrement. Celle-ci est grande, brune, intelligente ; son amie l'appelait Anne.

— Je m'en doutais. Et qu'a-t-elle dit ?

— Je ne pouvais pas trop les comprendre, parce qu'elles faisaient allusion à beaucoup de choses passées que je ne connaissais pas ; mais j'ai entendu cette femme, cette Anne, dire, quand elle a su que j'étais ta femme, que le sceau qui lui fermait les lèvres était brisé, et qu'elle était libre désormais de venger le sang innocent.

— Elle a dit cela ? Et c'est toi qui lui as appris qu'elle était libre de le faire ?

— Oui ; j'ignorais que j'avais tort. Si de cette manière je t'ai fait du mal, si tu m'en veux, tue-moi. Nous sommes seuls ici ; ma vie n'est pas précieuse ; mais souviens-toi que je suis venue pour te sauver.

— Tu as raison. Peu importe ce qui arrivera. Ce que tu as fait, a été fait par ignorance, et rien ne pouvait conjurer l'orage qui doit fondre sur moi. Et c'est pour me sauver que tu es venue, malade, infirme, faible comme tu l'es ! Tu es venue pour me sauver, moi qui n'ai eu pour toi que des malédictions et des coups ! Tu as toujours été fidèle, Lydia !

— Je suis venue, parce que je t'aime, Georges,

murmura-t-elle, et je.... je me porte très-bien. Je
me suis brûlée, un soir, en sortant de la représenta-
tion, et on m'a forcée à renoncer à la bière, au vin,
à tout ce qui jusqu'alors me soutenait. C'est pour
cela que je suis un peu faible, mais cela passera.
Quel est ce bruit que j'entends ?

— La pluie. La lune est couchée, et la nuit est
noire comme de l'encre. Tant mieux ! Tu es faible,
dis-tu ? Cela ne m'étonne pas, si on t'a mise au
régime ; ce soir tu as fait un effort surnaturel. Il
faut que tu boives un peu de vin ; sans quoi tu
mourrais d'épuisement.

— Cela importerait peu.

— Tu te trompes. Des gens loyaux et fidèles
comme toi ne se rencontrent pas souvent en ce
monde. Laisse-moi prendre soin de toi. »

Il sortit promptement et revint bientôt avec de
la viande froide et du vin. Quoique Lydia ne voulût pas le laisser voir, elle était à bout de forces ;
aussi prit-elle quelque nourriture avec plaisir. Heath
la regardait faire, absorbé dans ses pensées.

« Ai-je bien fait de venir ? demanda-t-elle enfin.
Cette femme est-elle dangereuse ?

— Très-dangereuse ; si elle menace, elle exécutera
sa menace, et ma seule chance d'éviter la honte et
la mort, la mort, répéta-t-il en appuyant sur ce mot,
est de profiter de ton avis et de fuir sans retard.

— Dieu soit béni de ce que je l'aie compris et que

j'aie pu arriver jusqu'ici ! Je voudrais savoir ce
que fait ma nouvelle garde et ce que M. Burton
dira quand il verra que je suis partie ! As-tu au
moins le temps de fuir ?

— Oui, si je pars de suite. J'ai peu de préparatifs à faire, et je puis être parti avant le lever du
soleil. Mais toi, que deviendras-tu ?

— Moi ? peu importe ; je continuerai à vivre
comme je l'ai fait jusqu'ici, à moins que... » elle
hésita un peu, puis reprit en rougissant : « A moins
que tu ne me permettes d'aller te rejoindre, maintenant que tu es au ban de l'opinion du monde. »

Il la regarda vivement. Un épais brouillard obs-
curcissait sa vue ; sa gorge était serrée comme par
une main de fer.

« Dieu me pardonne, elle m'aime encore ! » murmura-t-il.

Puis, aussitôt qu'il fut maître de son émotion :

« Voudrais-tu dire qu'après la manière dont je
t'ai traitée, sachant ce que tu sais, que je suis un misérable, un criminel, dont la vie est menacée, tu
reviendrais à moi ?

— Oh ! oui, répondit-elle sans hésiter, certainement. Qu'est-ce que cela me fait ? Ne suis-je pas, moi
aussi, méprisée et repoussée ? Je t'ai aimé depuis de
longues années, Georges ; peu m'importe ce que tu
es ou ce que tu as été ; je ne conçois pas de plus grand
bonheur en ce monde que de vivre auprès de toi. »

Il lui prit la main et la pressa tendrement.

« Je te crois, Lydia. J'avais entendu parler de
rendre le bien pour le mal, mais jamais encore je
ne l'avais vu pratiquer. Je t'ai maltraitée, je t'ai
abandonnée, et tu viens de sauver ma vie au péril
de la tienne. Je te promets qu'un jour viendra où
nous serons réunis. Maintenant il faut te reposer,
car tu meurs de fatigue.

« Oh ! non ! je suis bien, très-bien.

— Il faut m'obéir, et tu vas essayer de dormir
pendant que je ferai mes préparatifs. Je te réveil-
lerai pour te dire adieu.

— Bien ! répondit Lydia. A cette condition, je
vais me coucher, car je sens un sommeil irrésisti-
ble qui m'envahit. »

Heath lui arrangea un lit sur le canapé ; il ap-
porta des coussins, des couvertures, et la fit coucher. Avant de la quitter, il lui fit prendre un grand
verre de vin ; aussitôt qu'elle l'eût avalé, elle retomba dans un profond sommeil.

Georges Heath s'assit sur une chaise basse auprès
du canapé, regardant avec émotion la pauvre
emme qui dormait ; tout son passé lui revenait à
la mémoire, et il se souvenait des heureuses années
qu'ils avaient passées ensemble, alors qu'elle était
modiste, et lui petit commis. Elle était alors si
jolie, si fraîche, si gaie et si aimante ! Et maintenant quelle ruine que cette pauvre créature ! Mais

du moins elle avait conservé son cœur fidèle et tendre, et ; après s'être donnée à l'homme qu'elle aimait, elle revenait à lui à l'heure la plus solennelle de sa vie. Il pouvait du moins lui donner une preuve de sa reconnaissance ; il ouvrit un bureau, en retira une liasse de billets de banque, s'assura qu'elle dormait toujours, dégrafa son corsage, y introduisit l'argent et le referma. Lydia n'avait pas bougé, et elle était si profondément endormie qu'elle ne sentit pas même les lèvres de Heath se poser sur son front. Lorsqu'il s'éloigna d'elle, ses yeux étaient humides de larmes : il s'approcha de la fenêtre et l'ouvrit. La pluie avait cessé, le jour commençait à poindre, et l'air frais du matin entra dans la chambre ; Heath éteignit les lumières, jeta un dernier regard sur le canapé, puis, nu-tête, il enjamba la fenêtre, cette fenêtre sous laquelle Anne Studley était tombée évanouie, et il s'éloigna de la maison ; son pas qui résonnait sur le gravier, était le seul bruit qui répondît au chant des oiseaux.

Tard dans l'après-midi, une voiture s'arrêta devant le cottage de Loddonford. Le vieux cheval poussif avait été poussé si vigoureusement que ses côtes fumaient de sueur : ses jambes tremblaient sous lui, pendant que le cocher réclamait double salaire, comme récompense de sa vitesse. Clément Burton, qui descendait du fiacre, n'était pas d'humeur à perdre son temps en contestations ; il jeta

donc une pièce de cinq francs et sonna vivement.
Une grosse fille de campagne, lourde et épaisse,
vint lui ouvrir la porte, et ne fit aucune difficulté
pour répondre au docteur que la seule habitante
de la maison était pour le moment une dame
qui avait l'air étrange et qui avait un bras tout en-
veloppé de bandages et qui y était entrée elle ne savait ni quand ni comment.

« Tout ce que je puis vous dire, monsieur,
ajouta-t-elle, c'est que cette dame dort constamment et paraît se réveiller un instant pour reprendre son sommeil ensuite ; que, lorsqu'elle ouvre les
yeux, c'est pour regarder d'une manière vague et
effarée, et que lasse apparemment de l'effort qu'elle
a fait, elle se rendort presque aussitôt.

— Votre maître est-il avec elle ? demanda Clément.

— Non, monsieur, et ce qu'il y a de pis, c'est
que je ne puis le trouver nulle part. Je suis chez lui
depuis qu'il est revenu de l'étranger, et il n'est pas
sorti une seule fois ; mais, aujourd'hui, je ne sais
pas ce qu'il est devenu. Tout ce que je sais, c'est
que ce matin, quand je suis descendue, j'ai trouvé
cette étrangère endormie sur le canapé, et mon
maître parti. Je vous en prie, monsieur, entrez et
venez la voir ; je deviendrai folle s'il me faut rester
seule avec elle. »

Clément Burton suivit la servante dans la maison ;

comme il s'y attendait, il reconnut Lydia, allongée
sur le canapé ; il examina les pupilles de ses yeux
et sa langue et se convainquit qu'on lui avait admi-
nistré un violent narcotique. Quand elle le vit, elle
ne le reconnut pas et répondit invariablement à
toutes ses questions :

« M. Heath est parti. »

Il ne put rien tirer d'autre de la pauvre femme.
Mais, pour un homme habitué à réfléchir et à dé-
duire des conclusions des moindres faits, il devina
que Lydia avait compris, d'après les quelques mots
échappés à Anne, que Heath était menacé, qu'elle
était accourue pour l'avertir, et qu'il s'était enfui.

Un examen des lieux lui prouva pourtant que
Heath n'avait absolument rien emporté : son chapeau même était dans l'antichambre. M. Burton se
demandait si peut-être le criminel comptait revenir, quand il croirait les investigations termi-
nées, quand un agent de police, qui avait parcouru la maison et le jardin, vint annoncer qu'il
avait découvert des traces de pas au bord de
l'étang. Une idée soudaine s'empara de Clément.
Jamais, jusque-là, il n'avait pensé que Heath pût
attenter à ses jours, et maintenant encore cette
supposition lui paraissait inadmissible, à moins que
les souffrances physiques, jointes aux remords, ne
lui eussent fait perdre la tête.

Il fallait en avoir le cœur net ; on mit en réquisition tous les pêcheurs du village pour sonder l'étang en tous sens. Avant la nuit, on avait retrouvé le corps de Georges Heath, en même temps que les restes défigurés de Walter Danby.

CHAPITRE XVI

LE DERNIER SACRIFICE

Il est à peine nécessaire de dire qu'Anne Studley, en quittant ses fonctions de garde-malade, quitta aussi son nom d'emprunt et vint habiter chez Grace Middleham, qui prétendait la garder chez elle « pour toujours ». Anne souriait et la laissait dire ; mais elle se disait au fond du cœur que bientôt, sans doute, surviendraient telles circonstances qui pourraient bien changer tous leurs arrangements domestiques.

Elle n'était pas à l'Hermitage depuis un mois, que ce qu'elle soupçonnait devint pour elle une certitude ; elle sentit que sa mesure d'épreuves n'était pas encore comblée, et qu'elle était appelée à faire un dernier sacrifice. Lorsque, poussée par le désespoir, abandonnant son paisible asile de Bonn, elle était arrivée seule et sans amis dans la

grande ville de Londres, elle s'était enrôlée dans la
phalange des diaconesses, parce qu'elle espérait
ainsi, tout en se rendant utile, trouver dans ses occupations absorbantes l'oubli d'elle-même et de sa
douleur. Mais elle avait poétisé ses nouvelles fonctions et n'aurait pas pu les continuer sans une circonstance particulière. Elle avait rencontré le jeune
chirurgien Clément Burton, qui, par sa sympathie,
l'affectueux intérêt qu'il lui témoignait, l'encou-
ragea dans sa nouvelle profession. Il avait su mettre
en relief les admirables qualités de la garde et lui
faire sentir combien il avait besoin d'une aide intelligente et dévouée, comme elle l'était.

La jeune fille, journellement en contact avec le
docteur, avait apprécié non-seulement son habileté
et son zèle, mais aussi sa bonté, sa patience et son
inépuisable dévouement ; jamais encore elle n'avait
rencontré une nature d'élite comme celle-là, et la
conséquence se comprend d'elle-même. Peu à peu,
son admiration et son affection pour lui prirent plus
de force et d'intensité, et longtemps avant de consentir à l'aider auprès de Lydia Walton, elle savait
que ce cœur, qui avait résisté aux sollicitations de
Franz Eckhardt, ne lui appartenait plus. Elle
aimait Clément Burton profondément, en silence
et sans espoir, avec d'autant moins espoir qu'elle
se croyait séparée de lui par une infranchissable
barrière, et qu'elle savait que son amour ne lui

était pas rendu. Le docteur l'appréciait, la respec-
tait, avait de l'affection pour elle. Elle le savait, jamais frère n'aurait pu la traiter avec plus d'égards ;
mais ses sentiments ne répondaient pas aux siens et
n'y répondraient jamais.

Elle s'était parfaitement rendu compte de tout
cela avant de savoir que Clément connût Mlle Middleham ; mais, dès qu'elle les eut vus ensemble, elle
comprit qu'il ne lui restait aucun espoir. Elle vit du
premier coup d'œil que le jeune homme aimait
Grace et que son amour lui était rendu ; mais elle
connaissait aussi ses principes élevés, sa parfaite
délicatesse, et elle savait que jamais il ne ferait la
moindre allusion à ses sentiments pour Grace. Si
elle avait été dans une moins brillante position,
sans doute Clément eût parlé ; l'immense fortune
de la jeune fille lui fermait la bouche. Il avait une
belle clientèle, un brillant avenir devant lui ; il
pouvait choisir une femme selon son cœur, mais
jamais il n'aurait pu supporter d'être accusé de
faire un mariage d'argent.

Anne avait deviné ce qui se passait dans le cœur
du jeune homme, mais elle ne se doutait pas du
parti qu'il allait prendre afin de couper court à des
relations qui faisaient son bonheur en même temps
que son tourment.

Clément aurait sacrifié tout au monde pour obtenir la main de Grace ; mais il avait si souvent en-

tendu accuser ses confrères d'exploiter la confiance qu'on leur témoignait pour capter des fortunes, ou pour se faire épouser par des héritières, qu'il était résolu à éteindre son amour sans l'avoir déclaré, dût-il en mourir. Une fois sa résolution prise, M. Burton n'était pas homme à tergiverser; il se présenta donc une après-midi à l'Hermitage. Les deux amies étaient ensemble. Grace brodait, Anne lui faisait la lecture. Après l'échange des questions et des réponses les plus banales, Clément dit d'un ton qu'il s'efforçait de rendre gai :

« Je suis venu vous apprendre une nouvelle qui vous surprendra peut-être et vous fera un peu de peine, j'espère.

— Quelque chose qui nous fera de la peine? répéta Anne.

— C'est égoïste à moi de parler ainsi, et pourtant je l'espère; vous avez toujours été toutes deux si bienveillantes pour moi, que vous serez fâchées, j'ose le croire, de savoir que je vais sous peu vous quitter. »

Les couleurs abandonnèrent les joues de Grace.

« Vous partez, Monsieur Burton? dit-elle; pas pour longtemps, n'est-ce pas?

— Au contraire, ce sera peut-être pour toujours. »

Anne restait silencieuse; Grace reprit d'une voix basse :

« Pourquoi cette résolution soudaine? Vous ne nous en aviez jamais parlé.

—La décision est soudaine, il est vrai; mais voici bien longtemps que j'y songeais. Le fait est que je trouve ma vie actuelle très-fatigante et que je désire un peu de repos. Je crois vous avoir déjà dit, mademoislle Middleham, que ce n'est pas par goût que j'ai choisi ma profession, mais par obéissance et par respect pour les désirs de mon père. Je n'ai pas lieu de m'en repentir, au point de vue de la clientèle; mais je suis très-fatigué, j'ai besoin d'un peu de liberté, et on m'offre une chance de me la procurer. »

Un nouveau silence suivit ces mots; ce fut Anne, cette fois, qui le rompit :

« Allez-vous exercer la médecine dans quelque pays lointain, monsieur Burton?

— Non, pas précisément; un de mes clients qui est en même temps un de mes amis vient d'être nommé gouverneur d'une de nos colonies; il m'offre de l'accompagner en qualité de secrétaire, me promettant que mes fonctions seront simplement nominales et que je pourrai me livrer aux études scientifiques, pour lesquelles j'ai un goût prononcé. »

Grace ne parlait toujours pas. Anne reprit d'une voix saccadée :

« La tentation est grande, j'en conviens; quand partez-vous?

— Mon ami compte s'embarquer dans dix jours, mais ce n'est pas encore définitivement fixé. Il m'a fait ces offres généreuses hier au soir, et vous êtes les premières à qui j'en ai parlé.

— Nous devons être touchées et reconnaissantes de la confiance que vous nous témoignez, n'est-ce pas, Grace? continua Anne ; mais vous oubliez, chérie, que la voiture est à la porte et que nous avons une longue et indispensable course à faire. »

Mlle Middleham balbutia quelques mots polis, et M. Burton prit congé. La promenade fut silencieuse ; chacune des deux amies était trop absorbée par ses propres réflexions pour réclamer l'attention de l'autre. Mlle Middleham avait reçu un coup inattendu qui anéantissait les espérances les plus intimes de son cœur ; et la perte de cette société à laquelle elle s'était accoutumée et qui faisait le charme de sa vie lui était insupportable. Il ne l'aimait donc pas! Il avait été bon, aimable, prévenant, parce qu'il était dans sa nature de l'être : il n'était pas à blâmer, puisque jamais il ne lui avait donné le moindre espoir ; elle ne devait s'en prendre qu'à elle-même, si elle s'était laissé surprendre et si son cœur s'était donné sans qu'on l'eût demandé. Elle voulait à tout prix cacher sa souffrance même aux yeux vigilants d'Anne ; et pendant qu'elle pensait à tout cela, rejetée au fond de sa voiture, des larmes silencieuses inondaient son visage.

Sa compagne ne parlait pas, et, si ses yeux étaient secs, son cœur n'était pas moins agité. La nou-

velle que Clément Burton leur avait annoncée, son
attitude et celle de Grace, tout confirmait les soupçons d'Anne. Elle était sûre maintenant que, ne
pouvant plus dissimuler son amour, le jeune homme
voulait s'éloigner de son idole avant qu'elle eût deviné son secret ; son cœur se brisait sans doute à
l'idée de lui dire un éternel adieu ; mais mieux
valait souffrir que d'être accusé de manquer à
l'honneur. Quant aux sentiments de Grace, Anne
ne pouvait s'y tromper ; l'altération de ses traits,
quand Clément avait parlé de son départ, sa taci-
turnité, ses larmes, tout la trahissait.

Mais ce que la pauvre Anne comprenait et sentait
par-dessus tout, c'est qu'elle était appelée à faire
pour toujours, et sans que personne s'en doutât, le
sacrifice de ses espérances, de cette affection qu'elle
avait nourrie et qui l'avait soutenue depuis tant de
mois. Il fallait rapprocher ses deux amis, dissiper
le malentendu qui les séparait et, s'effaçant elle-
même, leur servir de trait d'union. Si elle parvenait à persuader à Clément que Grace l'aimait
réellement, et qu'en demandant sa main il agirait
en honnête homme, et sans qu'on pût le soupçonner
de motifs intéressés, il ne serait que trop heureux de suivre son conseil. Et, quant à Grace, lui
prouver que Clément lui était attaché, ce serait lui
rendre la vie. De cette manière, Anne acquitterait la
dette de reconnaissance contractée envers son

amie, et quand elle réfléchissait à la tendresse, au dévouement de Grace depuis leurs plus jeunes années, — affection qui ne s'était jamais démentie et dont chaque jour lui donnait de nouvelles preuves, — elle se disait que le sacrifice de son bonheur personnel ne lui coûterait rien pour assurer celui de Grace. Sa résolution fut donc prise sans hésitation. Dès le soir même, elle écrivit un mot au docteur, le priant de venir la voir le lendemain matin, parce qu'elle tenait particulièrement à le consulter avant son départ. Mais elle le priait, si Mlle Middleham se trouvait présente, de ne pas faire allusion à son message et de ne pas parler de sa santé, dans la crainte d'inquiéter Grace.

A l'heure où M. Burton devait venir, Mlle Studley emmena Grace dans le boudoir, qui n'était séparé d'une petite serre que par des portières de velours. Elles causaient ensemble, ou du moins Anne causait, car sa compagne, triste et préoccupée, lui répondait à peine, quand on annonça M. Burton.

« Attendez un instant, James, avant de l'introduire, dit Anne. — Grace, ajouta-t-elle en se tournant vers son amie, je désire particulièrement que vous ne voyiez pas M. Burton ce matin, du moins jusqu'à ce que je lui aie parlé d'une affaire importante. »

Grace rougit et lui répondit :

« Comment puis-je faire ? Si je traverse l'antichambre, je ne puis manquer de le voir.

— Entrez dans la serre, vous pouvez la traverser et passer par l'autre porte. — James, faites entrer. »

Mais quand Mlle Middleham voulut sortir par l'autre porte, elle la trouva fermée à clef, et, comme M. Burton était déjà dans le boudoir, elle fut forcée de s'asseoir dans la serre.

« Vous voyez que je n'ai pas mis de retard pour me rendre à votre appel, dit le docteur.

— Je vous en remercie beaucoup ; et dans peu d'instants, j'espère vous avoir convaincu que votre visite était urgente. Vous m'avez souvent dit, continua Anne, du temps où j'étais sœur Gaynor, qu'une de mes qualités était la franchise.

— En effet, je vous ai toujours trouvée parfaitement droite et véridique.

— Et j'espère que vous me trouverez toujours ainsi. Dans tout ce que je vais vous dire, je serai vraie, parfaitement vraie, trop peut-être, au point de vue de la prudence humaine ; mais il s'agit pour moi du bonheur d'une personne que j'aime de toute mon âme. »

Il tressaillit :

« Je ne sais pas si je vous comprends, mademoiselle Studley, dit-il.

— Je crois que vous devinez, du moins, de qui et et de quoi il s'agit. Monsieur Burton, vous aimez mon amie Grace Middleham !

— Qu'est-ce qui peut vous le faire croire ? demanda-t-il d'une voix troublée.

— Mes observations personnelles, mon expérience du cœur humain.

— Je ne sais quelles ont pu être vos observations et vos expériences, mademoiselle Studley ; mais je crois ne jamais avoir dévoilé mes sentiments ni par mes paroles, ni par mes actions.

— Vous pouvez être le maître de vos paroles et de vos actions, et néanmoins vous être trahi. Je vous le répète, je suis sûre que vous aimez Grace Middleham.

— Eh bien ! quel mal y a-t-il, s'il en est ainsi ? s'écria-t-il passionnément. Jamais je ne l'aurais volontairement avoué, et néanmoins c'est un sentiment dont je suis fier et que je voudrais proclamer devant le entier.

— Et malgré cela, pour améliorer votre position, vous allez la quitter pour toujours ?

— Vous pouvez croire à un pareil motif ? dit-il avec amertume.

— N'en est-il pas ainsi ? répondit Anne. Vous prétendez aimer cette jeune fille, et pourtant, à la première occasion d'abandonner une profession que vous n'avez jamais aimée et dont vous êtes las, quand vous voyez un moyen de suivre vos goûts, de mener une vie plus facile, plus douce, vous n'hésitez pas à accepter et à renier tous vos beaux sentiments !

— Vous ne comprenez sans doute pas la portée de l'accusation que vous portez contre moi, mademoiselle.

— Vraiment? Je ne suis pas de votre avis. Si l'on exposait la cause devant le premier venu, qui ne serait pas intéressé dans la question, il dirait que, malgré toutes vos protestations, votre amour est de ceux qui n'excluent pas l'égoïsme et permettent de préférer une vie facile pour soi au bonheur de la personne aimée. »

Clément Burton s'approcha d'elle et lui répondit d'une voix vibrante d'indignation contenue :

« Vous m'aviez prévenu que vous seriez franche, mademoiselle Studley, et je n'en attendais pas moins de votre part; mais j'avoue que la manière dont vous me parlez me surprend étrangement. C'est la première fois que nous parlons de ce sujet, et ce sera la dernière; je veux néanmoins que ma franchise égale la vôtre, et je crois, j'espère, que lorsque vous m'aurez entendu, votre opinion sur mon compte sera modifiée. Vous avez deviné juste : J'aime Mlle Middleham : je l'aime plus que vous ne pouvez le croire, et c'est justement à cet amour sans espoir que je vais sacrifier ce qui faisait le bonheur de ma vie; c'est-à-dire, vivre près d'elle, la voir, l'entendre, respirer l'air qu'elle respire, attendre avec impatience, avec bonheur, le moment de me rapprocher d'elle pendant quelques ins-

tants. Je sacrifie à cet amour cette profession
que j'aime maintenant et qui me promettait un
brillant avenir, et je pars. Je la quitte pour toujours, sans lui avoir jamais dit un mot de ce qui
remplit mon cœur, parce que je ne veux pas qu'on
puisse croire que moi, pauvre médecin sans fortune, j'ai profité de sa confiance en moi pour me
faire épouser par une riche héritière. Si Mlle Middleham était pauvre comme moi, il y a longtemps
que je lui aurais demandé de partager mon existence. »

Clément Burton avait pâli, sous l'empire de son
émotion ; quand il eut fini de parler, il salua Anne,
et se tournait vers la porte pour partir, quand elle
posa la main sur son bras et lui dit :

« Et vous ne voulez pas parler à Mlle Middleham?
Vous ne voulez pas lui donner l'occasion de se
prononcer elle-même?

— Jamais! jamais elle n'entendra une telle proposition de mes lèvres.

— Et si déjà elle l'avait entendue, reprit Anne en
soulevant la portière et en montrant Grace toute
rougissante, si je lui avais fourni la seule chance
qu'elle eût de vous entendre et de vous répondre,
refuseriez-vous encore d'écouter ce qu'elle peut
avoir à vous dire? »

. . . .

Clément Burton n'est pas parti pour les colonies;

il est resté à Londres, et peut-être l'avez-vous souvent rencontré, car il est devenu un des premiers
chirurgiens de l'époque. Sa femme, qui est toujours
jolie, aimable et bonne, voudrait lui persuader de
se retirer; mais il a mis son cœur à sa profession
et désire continuer à se dévouer à ceux qui souffrent. M. et Mme Burton ont fondé une maison
spéciale pour former des gardes-malades, à la tête
de laquelle nous retrouvons Anne Studley. Elle
consacre tout son temps à cette œuvre, surveille
les malades, et donne ses soins et son temps à
une pauvre femme dans l'enfance, dont le bras
droit est paralysé, qui chante doucement et ne peut
vivre sans Anne.

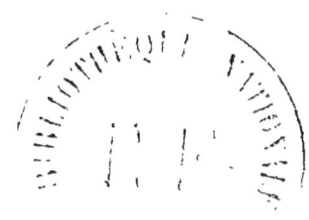

FIN

TABLE DES MATIÈRES

———

Coulommiers. — Imp. Paul BRODARD

GRASSART, LIBRAIRE-ÉDITEUR

2, RUE DE LA PAIX, A PARIS

Bonnet (Jules). *Récits du XVI° siècle.*
In-12. 3 fr. 50
— *Nouveaux récits du XVI° siècle.*
Iu-12. 3 fr. 50
— *Derniers récits du XVI° siècle.*
In-12. 3 fr. 50
— *Aonio Paleario.* Etudes sur la
Réforme en Italie. In-12. 3 fr.
— *Olympia Morata.* Episode de la
Renaissance en Italie. In-12. 3 fr.
— *Notice sur la vie et les écrits de
M. Merle d'Aubigné.* In-8. 1 fr.

Douen (O.). *Les premiers pasteurs du
désert,* 1685-1700, d'après des documents pour la plupart inédits.
2 vol. in-8. 12 fr.

Hugues (F.). *Histoire de la restauration du protestantisme en France
au* XVIII° *siècle.* Antoine Court.
2 vol. in-8. 15 fr.
Ouvrage couronné par l'Académie française.

Schæffer (Ad.). *De l'influence de
Luther sur l'éducation du peuple.*
In-8. 4 fr.
— *Les huguenots du* XVI° *siècle.*
Iu-8. 5 fr.
— *De la bonté morale,* ou esquisse
d'une apologie du christianisme,
avec une préface de Laboulaye.
In-12. 3 fr. 50

Castel (E.). *Les huguenots et la
Constitution de l'Eglise réformee
de France en* 1559. In-12. 1 fr. 50

Peyrat (Napoléon). *Histoire des Albigeois.* 3 vol. in-8. 15 fr.
— *Histoire de Vigilance, esclave,
prêtre et réformateur des Pyrénées
au* V° *siècle.* In-12. 1 fr. 50
— *Les réformateurs de la France
et de l'Italie au* XII° *siècle.* In-12.
3 fr. 50
— *Le Colloque de Poissy et les Conférences de Saint-Germain en* 1561.
In-12. 1 fr. 50
— *Histoire des pasteurs du désert,*
depuis la révocation de l'édit de
Nantes jusqu'à la Révolution française 1685-1789. 2 vol. in-8. 12 fr.
— *La grotte d'Azil.* Paraboles. In-12. 3 fr.
— *Les Pyrénées.* Romancero. Iu-12. 3 fr. 50
— *Béranger et Lamennais.* Corres-

pondance, entretiens et souvenirs.
In-12. 3 fr.

Peyrat (Mme N.). *A travers le
moyen âge.* In-12. 3 fr.

Monastier (A.). *Histoire de l'Eglise
vaudoise depuis son origine, et des
Vaudois du Piémont jusqu'à nos
jours.* 2 vol. in-8. 6 fr.

Droysen *Les guerres d'indépendance.*
2 vol. in-8. 6 fr.

Astié (J.-F.). *Histoire de la république des Etats-Unis,* depuis l'établissement des premières colonies
jusqu'à l'élection du président Lincoln, 1620-1860. Précédé d'une préface, par M. Laboulaye, de l'Institut. 2 vol. in-8. 12 fr.

Pascal (C.). *Abraham Lincoln.* Sa
vie, son caractère, son administration. In-12. 2 fr.

Viguié (Ariste). *Histoire de l'apologétique dans l'Eglise réformée
française.* Iu-8. 3 fr.

Muret (Théodore). *Histoire de Jeanne
d'Albret, reine de Navarre,* précédée
d'une étude sur Marguerite de Valois, sa mère. In-12. 4 fr.
— *Paroles d'un protestant.* In-12.
75 c.

Lamy (Victor. *Quelques héros des
luttes religieuses aux* XVI° *et* XVII° *siècles.* In-12. 2 fr. 50

Abelous. *Les jeunes martyrs de la
Réformation.* In-12. 1 fr. 50
— *Lettres sur les mariages mixtes,*
réimprimées d'après l'édition originale. In-12. 75 c.
— *Les Pères de la Réformation.* In-12. 3 fr. 50

Witt (Mme de), née **Guizot.** *Scènes
historiques et religieuses.* I°r, XVI°,
XVII° et XVIII° siècles. In-12. 3 fr. 50

Godet (F.). *Histoire de la Réformation et des réfugiés dans le pays
de Neuchatel.* In-12. 2 fr. 50

Junod (L.). *Farel, réformateur de la
Suisse romande et pasteur de l'Eglise
de Neuchatel.* In-12. 3 fr.

Bèze (Théodore de). *Récit de la dernière maladie et de la mort de Jean
Calvin.* In-12. 60 c.

Merle d'Aubigné. *Jean Calvin, un
des fondateurs des libertés modernes.* In-8. 1 fr.

Coulommiers. — Imprimerie Paul BRODARD

www.ingramcontent.com/pod-product-compliance
Lightning Source LLC
Chambersburg PA
CBHW051525050726
47503CB00014B/1634